# シスマの危機

## 小説フランス革命6

佐藤賢一

集英社文庫

# シスマの危機　小説フランス革命6　目次

地図・関連年表デザイン／今井秀之

【前巻まで】

1789年。フランス王国は深刻な財政危機に直面し、民衆は飢えに苦しんでいた。財政再建のため、国王ルイ十六世は全国三部会を召集。聖職代表の第一身分、貴族代表の第二身分、平民代表の第三身分の議員たちがヴェルサイユに集う。しかし特権二身分の差別意識から議会は空転。ミラボーやロベスピエールら第三身分が自らを憲法制定国民議会と改称すると、国王政府は議会に軍隊を差し向け、大衆に人気の平民大臣ネッケルも罷免した。

たび重なる理不尽に激怒したパリの民衆は、弁護士デムーランの演説をきっかけに蜂起し、圧政の象徴、バスティーユ要塞を落とす。ミラボーの立ち回りで国王に革命と和解させることに成功、議会で人権宣言も策定されるが、庶民の生活は苦しいまま。不満を募らせたパリの女たちがヴェルサイユ宮殿に押しかけ、国王一家をパリへと連れ去ってしまった。

王家を追って、議会もパリへ。オータン司教タレイランの発案で、聖職者の特権を剝ぎ取る教会改革が始まるが、聖職者民事基本法をめぐって紛糾。ラ・ファイエットが軍を掌握して議会でも権勢を強める中、王家と通じるミラボーは病魔に蝕まれつつあった。

# 革命期のパリ市街図

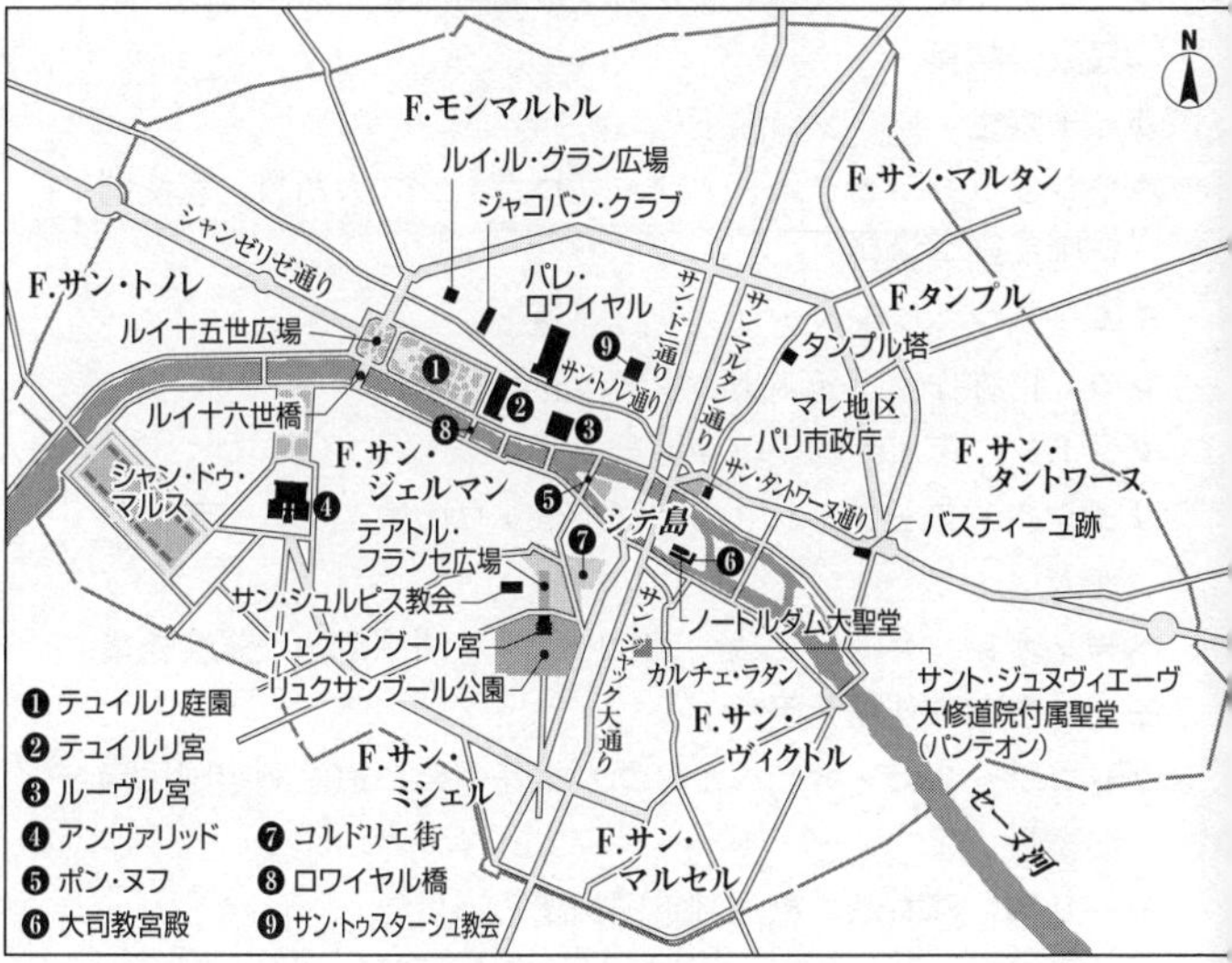
N
F.モンマルトル
ルイ・ル・グラン広場
ジャコバン・クラブ
F.サン・マルタン
シャンゼリゼ通り
F.サン・トノレ
パレ・ロワイヤル
サン・ドニ通り
サン・マルタン通り
F.タンプル
ルイ十五世広場
タンプル塔
サン・トノレ通り
マレ地区
ルイ十六世橋
パリ市政庁
F.サン・タントワーヌ
F.サン・ジェルマン
サン・タントワーヌ通り
シャン・ドゥ・マルス
シテ島
バスティーユ跡
テアトル・フランセ広場
サン・シュルピス教会
ノートルダム大聖堂
サン・ジャック大通り
リュクサンブール宮
カルチェ・ラタン
サント・ジュヌヴィエーヴ大修道院付属聖堂（パンテオン）
リュクサンブール公園
F.サン・ヴィクトル
F.サン・ミシェル
セーヌ河
F.サン・マルセル
❶ テュイルリ庭園
❷ テュイルリ宮
❸ ルーヴル宮
❹ アンヴァリッド
❺ ポン・ヌフ
❻ 大司教宮殿
❼ コルドリエ街
❽ ロワイヤル橋
❾ サン・トゥスターシュ教会

**＊主要登場人物＊**

**ミラボー**　プロヴァンス貴族。憲法制定国民議会議員

**ロベスピエール**　弁護士。憲法制定国民議会議員

**タレイラン**　オータン司教。憲法制定国民議会議員

**ラ・ファイエット**　アメリカ帰りの開明派貴族。憲法制定国民議会議員

**ルイ十六世**　フランス国王

**ボワジュラン**　エクス・アン・プロヴァンス大司教。憲法制定国民議会議員

**デムーラン**　ジャーナリスト。弁護士

**マラ**　自称作家、発明家。本業は医師

**ダントン**　市民活動家。弁護士

**リュシル・デュプレシ**　名門ブルジョワの娘。デムーランの恋人

**ペティオン**　弁護士、ジャーナリスト。憲法制定国民議会議員

**モンモラン**　外務大臣

**グレゴワール師**　アンベルメニル主任司祭。憲法制定国民議会議員

**モーリ師**　極右派の憲法制定国民議会議員

**パンスモン**　サン・シュルピス教会主任司祭

**フェルセン**　スウェーデン貴族

**デュポール**　憲法制定国民議会議員。三頭派の立案担当

**ラメット**　憲法制定国民議会議員。三頭派の工作担当

**バルナーヴ**　憲法制定国民議会議員。三頭派の弁論担当

J'emporte dans mon cœur le deuil
de la monarchie, dont les débris vont devenir
la proie des factieux.

「この胸に閉じこめて、
俺は王政の死というものを冥途に持ちさる。
諸派の餌食にされるのは、その残骸にすぎないのだ」
（死の床におけるミラボーの言葉　1791年4月2日）

# シスマの危機

小説フランス革命6

# 1——甘え

演壇に立つのはロベスピエールだった。

——きんきんと甲高い自分の声に興奮するのか。

そう心に茶化しながら、ミラボーは口角まで小さな笑みに歪《ゆが》めていた。というのも、かって知ったる張りきり屋の小男は、その日は身を乗り出す勢いで、いよいよ爪先立《つまさきだ》ちだったからだ。ええ、憤慨せずにはいられません。そんな不条理は許される話ではありません。市民という存在が少数の例外であるべきではないのです。というより、能動《アクティフ》も、受動《パッシフ》もなく、そもそも社会の成員は全て等しい市民であるべきなのです。

「誰でもが武器を取れるようにしなければならないというのも、皆が平等であることの表現のひとつだからです。国民衛兵隊に入るのに、制限など設けられては堪《たま》りません」

そう打《ぶ》ち上げて、ロベスピエールが問題にしていたのは、今日一七九〇年十二月五日の議論だった。

憲法制定委員ラボー・ドゥ・サン・テティエンヌが朝一番の議場に告げたのは、人権宣言第十二条ならびに第十三条に挙げられている「公の武力」の編成について、その憲法条文における具体化に着手したい旨だった。してみると、たちまちにして論点は、国民衛兵隊の入隊資格の問題に絞られていった。

ラ・ファイエットを司令官とする国民衛兵隊は、いわずと知れた民兵組織である。実質的には富裕なブルジョワが中核をなしてきた。これに法律的な裏付けを与えよう、向後《こうご》の国民衛兵隊はその入隊を能動市民だけに許し、受動市民の新規入隊はないことを憲法に明文化してもらおうと、かかる議論が十二月五日の議会で行われることになったのだ。

──革命は終わりに近づいている。

それが議会の多数派を占めるブルジョワの認識だった。もう常軌を逸した蜂起《ほうき》、決起の類《たぐい》は必要ない。それどころか、優先されるべきは社会の秩序と平穏である。実現するために武力が必要だとするならば、その役割は理性的に行動しうるブルジョワに、法律用語を使えば一定納税を遂げている能動市民に一任されるべきだ。受動市民、有体《ありてい》な言葉を使えば無分別で暴力的な貧民には、武器など手渡せたものではない。バスティーユも解体され、撤去されてしまったことだし、その必要がないばかりか、かえって危険なだけである。

そう唱えられれば、あえて反対する議員も少なくなっていた。中道ブルジョワが多数派を占める議会では、発言を試みても無視されるのが落ちだからだ。

それでも一言浴びせないでは気が済まないと、あえて演壇に登ったところで、今度は見苦しいばかりだった。その演説には無用の皮肉なり、極端な激昂《げっこう》なりとして、自棄《やけ》な気分が滲《にじ》み出ざるをえないからだ。

――とすると、堂に入っているほうだ。

ミラボーは一方では感心していた。その夕のロベスピエールは話しぶりも落ち着いて、どことはなしに自信に満ちているようでさえあった。

実際に賛同の声が飛び、拍手が打ち鳴らされて、聴衆の態度も概《おおむ》ね好意的だった。気分をよくして、ロベスピエールは今や絶好調である。ええ、そうでしょう。ええ、ええ、そうなんですよ。市民から武器を取り上げようとすること自体に、すでにして圧政の意図が隠されていると、そう看破するべきかもしれません。もちろん、我々は人民に圧政を加える側に回るわけにはいかない。といって、圧政の意図に気づかず、あえなく虐げられる運命も、また断固として拒絶しなければなりません。

「いや、単に拒絶するだけではたりない。未然に不正を察知して、深刻な事態に発展する前に、鋭く告発しなければならない」

それが我々の使命ですと鼓舞されれば、自尊心の高揚に顔を輝かせる輩《やから》も、ロベスピエールだけではなかった。

圧政を許すな、見逃さずに告発しろ、悪の芽は早く摘めと、一緒に気勢を上げながら、なるほど演壇の上と下とで、立場に大きな開きがあるわけではなかった。政治信条から多くを共通させるからには、冷ややかな無視もなければ、露骨に敵意がこめられた反論もない。

なるほど、そこは議会ならざる、ジャコバン・クラブの集会場だった。

――ロベスピエールが生き生きするはずだ。

議会のほうでは、今日もロベスピエールは無視された。のみか散々に野次られて、涙目ながらに演壇を去るしかなかった。が、それで発言をあきらめたりしないのだ。また蒸し返せると思っているのだ。ジャコバン・クラブで問題にして、再度の審議にかけるというのは、もはや一種の段取りだと考えている節さえあるのだ。

――はん、甘えすぎだ。

もう一面でミラボーは、そう批判しないでもいられなかった。なんの工夫もなく、ただ正論だけ吐き出しても仕方がない。時流も、時局も読まずに、ひとつ覚えの理想論だけ繰り返しても始まらない。それが灰色であるならば、綺麗な白でなくても、無闇《むやみ》に反対するべきでないときがある。

なにより、ミラボーは時間を無駄にするかの態度が許せなかった。何度でも蒸し返せる、時間なら無尽蔵に費やせると思う、その緊張感のなさだけは看過できなかったのだ。

――すでにして傲慢《ごうまん》の罪だよ、ロベスピエール君。

ミラボーは身体《からだ》が、いよいよ楽でなくなっていた。人前に出るときは、なるだけ息災にふるまうよう心がけるが、それも尋常な努力でなくなりつつあるのだ。

いや、内臓の不快感や疼《うず》き、あるいは苦痛といったものならば、まだしも精神の力で抑えつけ、表に出さないようにできる。不気味な病は無遠慮にも、ここ最近は表に出るのだ。右耳の下の瘤《こぶ》は大きくなるばかり、左目には膿《うみ》が溜《た》まり、あげくは汗に血まで混じり始めたらしく、最近では二時間とたたず襟に巻いたクラヴァットが赤くなる。

――いつまで持つか。

本気で覚束《おぼつか》なくなっていた。いつ死んでもおかしくないと、そう真顔で呟《つぶや》く自分に愕《がく》然《ぜん》とすることもある。いや、こうして仕事に出かけられるのだから、まだ多少の時間は残されていようと思い返すこともあるが、たっぷりでないことは確かなのだ。どれくらいと定かではないながら、残されている時間は間違いなく少ないのだ。

――残念ながら、な。

ミラボーは木槌《きづち》を振り上げた。がんがんと打ち鳴らすと、演説者はハッとした顔を向けてきた。

「なにか、進行に問題でも」

と、ロベスピエールは確かめてきた。そのジャコバン・クラブの議論にあって、ミラボーは確かに演壇の奥に控えていた。司会役としても、勧告するくらいは当然の権限だった。

「すでに議決が採られた法案だ」

と、ミラボーは苦言した。ロベスピエール君、それをジャコバン・クラブで蒸し返したところで、建設的な議論になるとは思われないが。

「建設的でないというのは、市民ミラボーの私見ということで間違いありませんね。ええ、それならば、いわせてもらいます。私はそうは思いません。建設的かと問われれば、十分に建設的だと思いますし、でなくとも、やらなければならない。あきらめてしまっては、このフランスの社会が、ありうべき理想の姿から……」

「だから、国民議会で議決された法案だといっているのだ。国民の代表である議員が多数決で決したものであれば、すでにして国民の意思なのだ。それを徒《いたずら》に貶《おとし》めるのは感心しないと、それが私の忠告なのだよ」

「これまた、見解の相違があるようです」

ロベスピエールは議会から様子を一変させて自信に満ち、その上あくまでも強気だった。ええ、多数決は必ずしも民主的ではありません。ましてや、今の議会は必ずしも国民の意思を反映していない。憲法発布されて後は議員選挙を改めるべきだと、それが私の持論なわけですが、それはそれとして、やはり市民ミラボーの御説《おせつ》には共感できません。というのも、それこそジャコバン・クラブの使命であるとして、これまでも議会の議決に関係なく、突きつめるべき議論は突きつめてきたのです。

「これが私たちジャコバン・クラブの会員のやり方なわけで……」

「私とて会員だが」

「年会費さえ納めれば、誰でも会員になることができます。けれど、市民ミラボーの場合は形ばかりの会員であられた。一七八九年クラブですか、あちらのパレ・ロワイヤルのほうにおられた時間のほうが、むしろ長かったのじゃないですか。雄弁家で知られた貴市民であられますが、ここで演説する姿となると、一度も拝見したことがありませんしね」

「認める。ああ、ロベスピエール君、いう通りに私は確かに形ばかりの会員だった。けれど、これまでは、だ。これからは違う。議論にも参加しようと考えている」

「だから、ジャコバン・クラブの流儀を改めてほしいと？　そう要求する権利があると？　申し訳ありませんが、市民ミラボー、それは実際に出席を続けられて、クラブの活動に貢献してから、要求するべきものじゃありませんか」

「失礼だぞ、ロベスピエール」

そう一喝したのは、ミラボー自身ではなかった。

# 2――残業

声は外野から上がった。ロベスピエールは責めるような目を飛ばしたが、誰かは容易にわからなかったはずだ。高《たか》がジャコバン・クラブとはいえ、百人を超える人間が集まっているのだ。

ロベスピエールは肩を竦《すく》めた。仕方がない。ええ、わかりました。確かに私の言葉遣いには、失礼が少なくなかったかもしれない。ええ、ええ、市民ミラボー、その点については率直に謝罪申し上げます。

「で、そろそろ演説に戻りたいのですが……」

「だから、もうやめろといっている」

「そんなこと、司会に強制されたくはない……」

「単なる司会じゃない」

またしても、声が飛びこんできた。ああ、ロベスピエール、君は認めたくないかもしれないが、もはや我らの代表《プレジダン》なのだ。

「市民ミラボーはジャコバン・クラブの代表なのだ」

それは十一月三十日の決定だった。かつてはロベスピエールが占めた地位で、認めたくなかろうというのは、今回も再選を試みたが、無念の落選に終わっていたからである。

事情ある話ではあった。ロベスピエールは十月五日付で、ヴェルサイユ郡の判事に抜《ばっ》擢《てき》されていた。議員を辞めたわけではないが、任地に赴く用事は増えた。議会を欠席せざるをえない日とてある。さらにジャコバン・クラブの代表を兼ねるとなると、いよいよ困難とみられざるをえなかったのだ。

かわりに圧倒的な多数で選出されたのが、かねて雄弁家の名前も轟《とどろ》き渡るリケティ・ミラボー議員だった。

ぼろぼろの身体《からだ》を叱《しっ》咤《た》して、ミラボーは司会席から立ち上がった。そういうことなら、ああ、わかった。国民の意思を云々《うんぬん》する前に、ジャコバン・クラブの意思から確かめようではないか。

「私を支持してくれるものは」

ミラボーが求めると、挙手と一緒に立ち上がる会員が相次いだ。というより、ロベスピエールを取り巻く一派を除いて、ほぼ全員が起立で代表支持の態度を表明した。

「それにしても、ラメットまで……」

あちらのロベスピエールはといえば、呆然《ぼうぜん》と呟《つぶや》いていた。ということは、同じく三頭派のデュポールも……。バルナーヴ、まさか君まで……。君はミラボーを憎んでいたはずじゃあ……。

ミラボーは左派との結びつきを強めていた。ジャコバン・クラブも革新の原理主義者ばかりではない。というより、それでは通用しないと、多くが考えを改め始めていた。

「いや、認めないぞ。私は認めないぞ」

演説を中断させるなら、ああ、中断させるがいい。それでも私の口を封じることはできないぞ。正義の言葉を闇《やみ》に葬ることはできないぞ。きんきん声を張り上げながら、ロベスピエールは大きな革鞄《かわかばん》を出してきた。読んでほしい。みんな、読んでほしい。『国民衛兵隊の編成に関する一考察』と題して、私の意見がまとめてある。ヴェルサイユのほうでも配布した。一定の反響を呼んだと自負もある。

「だから、読んでほしい。みんな、読んでほしい」

ロベスピエールは小冊子を配り始めた。競うように手を出す与党が尽きても、まだまだ鞄のなかには紙片が束で残っていた。とすると、差し出されない手にまで無理に押しつけながら、小男ときたら読んでほしい、読んでほしいの一点張りなのだ。

――それでは通用しない。

なにひとつ、実現しない。やはりミラボーは是認する気になれなかった。

実際、まともな神経の持ち主であれば、そろそろ無力感に震えて、不思議でない頃だった。ああ、議会の多数派を占めるブルジョワを取りこむこともできなければ、横暴を極めるラ・ファイエットと対決することもできない。それではあまりに情けないと、普通は考え方を改める。ああ、内輪の議論で満足しているのでなく、それを議会に投げかけ、社会に波及させたいと思うなら、ここは好悪を超えた英断として、ミラボーを担ぎ上げなければならないと。

——それは私にとっても、ありがたい話だったがね。

ジャコバン・クラブの代表という地位は悪くなかった。大臣であれ、知事であれ、市長であれ、なべて公職という奴《やつ》は厄介である。求めれば、やれ野心だ、やれ私欲だと騒がれる。一議員にすぎないほうが、よほど好きに働けるというものだが、他面できる仕事の高も決まってしまうのだ。

——足場を固めなければならない。

してみると、ジャコバン・クラブの代表は悪くない。やはり悪くないなと思いながら、ミラボーは苦痛を溜《た》めた袋のような肉体を、なおも酷使しなければならなかった。

——さて、残業だ。

サン・トノレ通りに出たときで、もう夜の十一時をすぎていた。都心であれば、連なる建物の窓灯《まどあか》りは尽きない。閉口するのは暗さより、むしろ十二月を迎えた寒さのほうだった。ただでさえ覚束《おぼつか》ない身体が、寒さに固まったが最後で、もう二度と動かなくなるのではないかと、そんな恐怖さえ頭をよぎらないではないからだ。

総身を一度ぶるると大きく震わせると、ミラボーは歩き出した。行灯《ランタン》を掲げる従者に先導させながら、向かう先はテュイルリ宮だった。サン・トノレ通りを東に向かい、すぐ右に折れてサン・ヴァンサン通りに進む。突き当たりになる鉄柵《てつさく》の扉を押すも、そのまま砂場に足を踏み入れるではなかった。

夜の十一時をすぎていれば、議場に詰める議員もなく、調馬場付属大広間《マネージュ》に用事ということはありえなかった。反対方向の左に折れると、漆黒《しっこく》の大きな影になっているのが本宮殿の連なりである。

前庭を仕切る鉄柵まで歩を進めると、警備の兵隊が人検《ひとあらた》めの素ぶりを示した。が、こちらの従者が行灯を少し上げると、丸く広がる橙色《だいだいいろ》の明るさに、ちらと痘痕《あばた》の相貌《そうぼう》が覗《のぞ》いたのだろう。余人に見間違えようもない、その男だと承知するや、兵隊は迷いのない様子で道を空けた。

――わかっているじゃないか。

ミラボー議員なら止めるまでもない。テュイルリに住まう誰に用事があるにせよ、それを邪険にできる人間などいない。そう断じた兵隊の判断は正しいとして、不本意ながらもサン・クルーからパリに戻られたであろうから、今宵《こよい》は王家の皆々様に慰めがてらの御挨拶《ごあいさつ》を是非にと、そういうわけではなかった。

そんな真似《まね》をすれば、やはりミラボーは王党派かと、アンシャン・レジームの再建を画策するかと、せっかく手なずけたジャコバン・クラブに騒がれてしまうだけだ。専らの連絡手段は普段から手紙のやりとりだけであり、よほどの話がないかぎり面会はしない決まりになっているのだ。

——王家の秘密顧問官、か。

これまた公職ならざる地位、というより一般には知られていない闇の地位だが、やはり自由に動ける有利が、今のミラボーには魅力だった。

目立ちたくない。いよいよという勝負の瞬間まで、なるだけ立場に縛られたくない。であれば、わざわざテュイルリを訪ねるはずもなく、実際にミラボーは警備の兵隊という兵隊にいちいち敬礼を強いながら、宮殿にいくつかある玄関という玄関を素通りした。

建物には音もなかった。王の就寝の儀さえ終われば、夜のテュイルリは闇に占められてしまう。宮廷儀式など形ばかりと、不夜城よろしき体《てい》だったヴェルサイユとは雲泥の差で、こちらの王宮では経費削減のためと、シャンデリアどころか、蠟燭《ろうそく》ひとつ灯《とも》されることがないからだ。仕方がないので、住人の大半は本当に寝てしまうらしい。

——けっこう、けっこう。

テュイルリに用事があるわけではなかった。ただ敷地を南に横切り、つまるところがセーヌ左岸に渡るための近道だった。まともに道を進んだ日には、河岸に連なるルーヴル宮を大きく迂回《うかい》しなければならないのだ。

――それは難儀だ。

ロワイヤル橋で河を渡ると、所望の建物はユニヴェルシテ通りにあった。やはり番の兵隊がいたが、今度も止められなかった。案内まではしてくれなかったが、道に迷うという心配はなかった。いくつか部屋を横切れば、きちんと燭台《しょくだい》に火が揺れている部屋となると、それひとつきりだったからだ。こつこつと手の甲で壁を叩《たた》いて、それからミラボーは声をかけた。

「モンモラン閣下、まだ御仕事《おしごと》でございますか」

隣室で待てと命じて、従者を下がらせている間に、ひらひら袖布《そでぬの》を躍らせるような貴族が、向こうから駆けよってきた。ああ、ミラボー伯爵であられますな。ああ、もう十一時をすぎておりますからな。ええ、ええ、お待ち申し上げておりました。

「今宵は、お呼び立てしてしまいまして」

「なんの、外務大臣閣下のお召しとあらば」

と、ミラボーは受けた。モンモランとは、そのモンモラン、つまりは国王政府の閣僚こそが、この深夜に設けられた会談の相手だった。

アルマン・マルク・ドゥ・モンモラン・サン・テルム伯爵は、今年で四十五歳を数えるという、まさに働きざかりの男である。マドリッド大使、ブルターニュ駐留軍司令官と歴任して、一七八七年に外務入閣を果たしたという経歴も、また確かなものだ。

いくらか上だが、まずはミラボーと同世代である。にもかかわらず、間近で向き合うモンモランは、ずいぶん年寄りめいてみえた。こちらのように不健康が表に出ているわけではないが、奥底から湧《わ》き上がるような活力が感じられず、さながら枯れかけた観葉植物のようなのだ。

どこか所在なげな印象は、そわそわ落ち着かない態度とも無関係でなかったかもしれない。自宅ならざる外務省のなかとはいえ、それは大臣として与えられた、堂々たる自分の執務室であるはずだった。客を迎えたならば、どかと椅子《いす》に深く座り、まずは貫禄《かんろく》くらい示して当然だった。なのにモンモランときたら、逆に客に迎えられたようなのだ。丁寧に示されなければ、どこに座ればよいのか、それすら戸惑うといった雰囲気なのだ。

「いや、ああ、そう、どういたしましょうか。ああ、ああ、まずはお座りください。ミラボー伯爵はあちら、いや、こちらの長椅子のほうがよろしいでしょうか」

身体を長椅子のほうに落ち着けながら、ミラボーは思う。さしあたり、モンモランは心細いというところか。土台がネッケル派として入閣した男であれば当然か。

財務長官にして、事実上の首席大臣ネッケルがスイスに去れば、内閣改造はやはり避けられなかった。十月二十六日、ラ・ルゼルヌ伯爵は自ら海軍大臣から引いた。留任の意欲を示した残りの面々も、ジョルジュ・ジャック・ダントンの攻勢には勝てなかった。

ダントンという男は、なんでも世間では「野卑なミラボー」と呼ばれているらしいが、さておくとして、今や押しも押されもしない大衆運動の雄である。それがネッケル辞職で話が済んだわけではないとして、またぞろ閣僚の総辞職を叫んだのだ。

十一月十日、再びパリの群集を駆り立てた、大抗議集会を組織してのことだった。その野放図な圧力に音を上げて、シャンピオン・ドゥ・シセ、ラ・トゥール・デュ・パン、サン・プリーストと、閣僚たちは相次いで辞表を提出した。ひとり残されたのが外務大臣モンモランというわけで、だからこそミラボーはその所在なげな様子を、同僚に去られた心細さと解釈することができたのだ。

# 3――第一人者

――最古参として、今や自身が首席大臣の格とはいえ……。

なるほど、最後のネッケル派か、ともミラボーは胸奥に言葉を続けた。それでも留任できたのだから、ネッケルとの結びつきとて、それほど緊密だったわけではないのだろう。が、いざ閣議に出席すれば、それで肩身の狭さがなくなるわけではない。

――新しい閣僚たちが、全てラ・ファイエット派とくれば……。

陸軍大臣デュポルタイユ、法務大臣デュポール・デュテルトル、財務大臣ドゥ・レッサールと押しこんで、ラ・ファイエットは露骨な介入を行った。ナンシー事件で揺らいだ天下を、ここぞと握り直すつもりだったかもしれないが、その強引さこそ逆効果しか生まなかったというべきか。

――誰の目にも焦りにしかみえなかった。

かの「両世界の英雄」は実際恐れているはずだった。七月の全国連盟祭を頂点に、あとのラ・ファイエット熱は冷める一方なのではないかと。民衆の人気は廃《すた》れ、ブルジョワの支持は余所《よそ》に流れ、議会でも、政府でも孤立したあげくに、失脚を余儀なくされるのではないかと。

そうした思いで締めつけてくるとすれば、閣議の居心地よかろうはずがなかった。ラ・ファイエット派の大臣にして、心を圧迫されざるをえないとすれば、ネッケル派の生き残りなど、いつ解職を突きつけられるか、いつ追放に処されるかと、それこそ生きた心地もしないはずだ。が、それだからこそ、ここぞとミラボーは相手を包みこむような笑顔なのだ。ええ、ええ、最初にお伝えしなければなりませんな。

「モンモラン閣下の御仕事《おしごと》ぶりは、国王陛下も高く買われているようですよ」
「ああ、小生の働きなど……。いえ、そう世辞にも仰《おっしゃ》っていただけたなら、もう光栄のいたりでございます。いや、御不興さえ買わなければ、それだけで小生は……」
「不興など買うわけがございますまい、外務大臣閣下」

請け合いながら、ミラボーには鼻で笑う気分もないではなかった。ああ、不興など買うわけがない。事実上の外務大臣として、この俺《おれ》さまが裏で外交を調整してやっているのだ。まず大きな齟齬《そご》はない。フランスに著しい不利益は生じない。であれば、自らが認めているように、働きが優れているわけではないのだが、このモンモラン伯爵にルイ十六世は悪感情を抱《いだ》いていないと、それだけは事実だった。

―他は違う。

新しい閣僚たちは憎まれている。ラ・ファイエットの推薦であるかぎり、面々の入閣は断れない。とはいえ、あまりといえばあまりな無理押しだったのだ。

国政の私物化も、すでにして隠す素ぶりもない。鈍感で知られたルイ十六世が心傷つけられたと感じるくらい、もはや遠慮の欠片《かけら》もない。

「それで、今宵《こよい》は」

ミラボーは話題を変えた。モンモランときたら、またも大慌ての様子になった。ああ、そうでございました。ああ、ああ、大変な失礼をいたしました。お忙しいところ、こうして時間を割いていただきましたからには、急ぎ要件を申し上げるべきでしたね。

「まずは謝意を述べさせていただかねばなりません」

「閣下、謝意といわれますと」

「私が大臣に留任できるよう、御尽力くださったとか」

「いや、いや、そう一部で騒ぐ向きもあるようですが、実をいえば新聞の筋に私見を聞かせたのみなんですよ。モンモラン伯爵だけは辞めさせるに惜しい大臣だと、それも平素からの自説でしかありませんでしたしね」

つまりは、そのようにカミーユ・デムーランに吹きこんでいた。信じやすい輩《やから》に信じさせることができれば、モンモラン擁護論が『フランスとブラバンの革命』に載るだけではない。コルドリエ街に持ち帰られれば、ダントンは親しい仲間なのである。その耳に入れば、閣僚の総辞職を求める声にも例外が設けられる。抗議集会が振るう猛威にも、自然と手心が加えられる。

「ですから、とりたてて尽力したというような話ではありませんよ」

そう受けて、あとをミラボーは笑いに流した。が、あちらのモンモランは一緒に相好を崩すことなく、それどころか、かえって複雑な表情に後退した。

「閣下、なにか」

「いえ、留任できたことは光栄なのです。ええ、それは心から嬉《うれ》しく思うのですが、なんと申しましょうか、この未曾有《みぞう》の国難に際して、フランス政府の舵取《かじと》り役を任されることになったかと思うと、あまりな責任の大きさに狼狽《ろうばい》を禁じえないというか、なんというか」

むうと重く呻《うめ》きながら、ミラボーは眉間《みけん》に皺《しわ》を寄せた。してやったりという内心の喜びは、取り急ぎ隠さなければならなかった。ああ、かかった。やはり、モンモランは食いついてきた。ひとりだけ留任させて正解だった。心細くなるのは当然だからだ。

「情けない話であることは、重々承知しているのですが……」

となれば、モンモランは誰か後ろ盾を探さないわけにはいかなくなる。ラ・ファイエットには邪魔に思われ、でなくともラ・ファイエットの天下が揺らぎ始めているのだから、探すべき後ろ盾にも多くの選択肢があるわけではない。

「私にできることなら、なんなりと申しつけてください」

そうミラボーが続けると、とたんにモンモランは動いた。その言葉こそ喉《のど》から手が出るくらいに欲しかったといわんばかりで、がばという感じで前に出ると、いきなり手を取ろうとしたのだ。

実際こちらの手を奪うと、それをモンモランは強引に上下した。そういってくださいますか、ミラボー伯爵が。そういってくださいますか、ミラボー伯爵が。

「なんと心強い。小生、これで孤軍奮闘の戦場に、万の援軍を得た気分でございます」

「大袈裟《おおげさ》な」

「いえ、大袈裟ではありません。ええ、なんでも命令してください。ええ、ええ、小生は伯爵の御指示通りに働くつもりでおりますので」

「おやおや、大臣閣下ともあろう方が。私のほうは一介の議員にすぎませんぞ」

「とんでもないことです」

「随一の雄弁家などと騒がれるときはありますが、それでも肩書をいえば……」

「国家の第一人者であられます」

「ほお」

「ええ、ミラボー伯爵はフランス王国の第一人者であられるのです」

うまいことをいうものだ。口下手《くちべた》なラ・ファイエット派では、こうはいかない。最後のネッケル派の面目躍如というところか。そう心がけて冷やかしながら、もちろんミラボーは内心まんざらでもなかった。

議会を自在に動かせる雄弁家であり、世論を好きに操れるジャコバン・クラブの代表にして、王家に通じる秘密顧問官でありながら、首席大臣を通じて閣議さえ操作する事実上の宰相ということになれば、なるほどフランス王国の第一人者という言い方こそ相応《ふさわ》しいだろう。

——ここまで来たか。

とうとう来たか。そうした呟《つぶや》きを努めて隠せば、その胸ごと大きく震えた。ああ、現代の英雄として、俺は新生フランスを動かせるところまで来た。いや、まだ油断は禁物だ。あと一歩のところまでと、ここは自戒しておくべきか。それでも、ラ・ファイエットの追い落としを最後の一歩として、このミラボーの天下が来るのだ。あの無責任なアメリカかぶれに、フランスを滅茶苦茶《めちゃくちゃ》にされてしまう前に、これと己が信じた形を実現できるのだ。

——できる、のか。

じんと震えた胸に、今度は激痛が駆けた。できるのか。あと少し、ほんの少しのところまで来たとはいえ、この身体は持つのか、その少しばかりは。

そうした自問を嘲笑《あざわら》うような激痛を、無理矢理にも捩《ね》じ伏せて、ミラボーは先を続けた。わかりました。ええ、わかりました、モンモラン閣下。

「あなたに協力いたしましょう。微力ながら、この私もフランスのために全力を尽くしましょう。そのかわりといってはなんですが……」

ミラボーは懐の隠しから、一葉の小冊子を取り出した。私が最近考えていることを、文章に認《したた》めておきました。共闘を誓い合う仲間として、御一読いただけると幸いでございます。いや、写しをとってありますので、御返却は結構です。

モンモランは受けとった。ほお、どれどれ、拝見いたします。

「ええと、『フランスの現状、ならびに公の自由と王の権威を両立させうる方策の概要』でございますか」

読ませていただきます。すぐにも読ませていただきます。それこそ一字一句を洩《も》らすことなく、目を皿のようにして。そうして畳みなおされた小冊子を横目にすると、ミラボーは踵《きびす》を返した。暗がりの外務省を従者が掲げる行灯《ランタン》ひとつ頼りに進みながら、モンモランは読まないな、あのまま丸めて捨ててしまうなと、そうも思わないではなかった。

――ああ、それでは通用しない。

なにひとつ、実現しない。つい数時間前にロベスピエールを評した言葉が、今にして自分に刺さった。ああ、なんの役にも立たない。あんな紙切れでは、いかんともしがたい。それでも託すしかないのだ。志半ばで逝かなければならないならば、ほんの一縷《いちる》の望みであろうと、誰かに託さないでは死ぬに死ねないのだ。

――惨《みじ》めなものだな、こんな生き方というのも。

無念なものだな、こんな死に方というのも。自らに達観を強いながら、それでもミラボーは行けるところまで行くしかなかった。

# 4——王の批准

「敬虔なるキリスト教徒たる王《ル・ロワ・トレ・クレティアン》」

悠久の歴史を通じて受け継がれてきた、それがフランス王の異名なのだと、そこがルイ十六世のこだわりだった。

最初が五世紀のフランク王クロヴィスだった。他のゲルマン諸族が蛮族として退けられていくのを尻目に、フランク族だけが未曾有《みぞう》の繁栄を許されたのは、この王がキリスト教の信仰を容《い》れたからなのだという。

——かくて異名で呼ばれ始める。

メロヴィング朝、カロリング朝と歴史が流れてゆくにつれ、フランク王国は東西に分かたれる。王冠にさらなる飾りを施された帝冠のほうは、東の末たるドイツに奪われてしまう。が、それも「敬虔《けいけん》なるキリスト教徒たる王」の資質となると、正しく受け継いだのは、むしろ西の末たるフランスのほうなのだとも。

クロヴィスを聖別した聖油、天使がもたらしたとされる奇蹟《きせき》の油は、シャンパーニュの大司教座都市、ランスに伝えられているからだ。それを自らの王国に包含するフランス王だからこそ、栄光の異名を名乗る資格があるというのだ。

「そのあたりはオータン猊下《げいか》のほうが、朕《ちん》などより、ずっと詳しいのではないですか」

そうルイ十六世に水を向けられ、タレイランは少し慌てた。自分が見込まれるという、その意味がわからなかった。答えを考えあぐねる間に、王が先を続けてしまった。というのも、朕だけの関心事ではないはずでしょう。御身《おんみ》の一族の名誉にも関わる話でしょう。

「なんとなれば、ランスは叔父君《おじぎみ》の教区ではありませんか」

「ああ、そういう」

叔父アレクサンドル・アンジェリク・ドゥ・タレイラン・ペリゴールは、確かにランス大司教という、フランスで最も権威ある聖職を占めていた。さらに枢機卿《すうききょう》にもなるという、まさに聖界の大立者なわけだが、それだけといえば、それだけの話である。

タレイランは苦笑を禁じえなかった。ああ、アレクサンドル・アンジェリク叔父貴も長男でなかったがため、泣く泣く聖職に進んだだけだ。仕方がないので、せめて出世を心がけたまでなのだ。

聖油のありがたさを唱えようなどと、殊勝な使命感に燃えているわけではない。それどころか、はん、あのしわい叔父貴のことだ。いんちきにも安い油を注《つ》ぎ足して、経費節減に励んでいるに違いない。

「この尊い伝統を朕の代で曲げるわけにはいかないのです」

ルイ十六世のほうは、いっそう声を高めていた。訴えて甲斐《かい》のある相手でないと悟ったか、とりあえず自分に向けられていた目は動いて、タレイランはホッとした。とはいえ、とりとめもない王の饒舌《じょうぜつ》には、やはりというか、そろそろ閉口せざるをえなかった。ええ、また朕もランスで戴冠《たいかん》、塗油聖別を遂げたフランス王なのです。これまでの諸王に変わることなく、常に「敬虔なるキリスト教徒たる王」でありたいとも心がけてきたのです。

「ええ、ええ、かかる伝統を万が一にも曲げることになっては、御先祖に顔向けできなくなると、そう思えばこその躊躇《ちゅうちょ》です」

いつもなら、とろんと眠たげな目つきのフランス王が、その褐色の瞳《ひとみ》に常ならぬ怒りの色まで浮かべて、まさに真剣そのものという熱弁だった。声の必死な感じといえば、ともすると苛《いじ》められっ子の抗議のようにも聞こえた。あるいは子供というならば、むしろ教師の説教の虜《とりこ》にされた、可哀相《かわいそう》な男子生徒を思い浮かべるべきだろうか。

数人がかりで取り囲まれ、事実ルイ十六世は孤軍奮闘の体《てい》だった。それもテュイルリ宮に詰め寄せたのは、部屋を窮屈に感じさせるくらいの肥満体ばかりなのだ。普段ろくろく身体《からだ》を動かさないせいだが、かわりに学があるので口のほうは活発に動く。それを横並びにかまびすしく、つまりは全員が大司教、司教というような高位聖職者たちなのだ。

その輪に自ら加わりながら、なお同類にされてはかなわないと、タレイランは気持ち下がり気味だった。してみると、なかなかどうして、ルイ十六世もやるものだと、感心する気持ちもないではなかった。

実際のところ、褒めてさしあげたくなる。いや、陛下におかれましては、たいへん嘘《うそ》が御上手《おじょうず》になられましたと。さすがの高位聖職者どもも、たいそう困惑しておりますと。苛立《いらだ》ちを押し隠しながら、肥満体の列が続けていた。

「恐れながら、陛下、ここで御決断なされたからと、『敬虔なるキリスト教徒たる王』の誉《ほま》れが穢《けが》されることにはならないかと。いや増す輝きに包まれながら、かえって高まるばかりかと」

「朕とて、そう思わないではありません」

「ええ、そういうことでございましたな。陛下に御共感をお示しいただいたときは、私どもも救われる思いがいたしました」

「いえ、ですから、なんと申しますか、共感を覚える部分も確かに少なくないのですが、ただ完全に納得できたわけでもないと。一抹の不安は拭《ぬぐ》いきれずにいると。となると、やはり逡巡《しゅんじゅん》せざるをえません。今ここで署名してしまってよいのかと。なにせ判断を誤れば、末代までの恥辱を歴史に刻むことになるのだからと」

ルイ十六世がいう「署名」とは、いうまでもなく法案批准のための署名だった。それもキリスト教徒だの、敬虔だのと、胡散臭《うさんくさ》い言葉が並べられたからには、聖職者民事基本法関連の法案、つまりは十一月二十七日の議会で可決した宣誓強制法案を、国法として速やかに発動させるための署名ということになる。

「フランス王国の全ての聖職者は、聖職者民事基本法がその一部をなすところの憲法に、宣誓を捧《ささ》げなければならない。それを拒否した聖職者については、免職の手続きをもって報いられなければならない」

そう議会が決議して、そろそろ一月《ひとつき》がすぎようとしていた。一七九〇年の暮れも押しせまって、もう十二月二十六日なのだ。

ミラボーが危惧《きぐ》したように、やはり国王批准の手続きは難航していた。器用でも、利口でも、機転が利くわけでもないながら、ルイ十六世は鈍重ゆえの粘り腰という、ほとんど唯一というべき取柄を、ここぞと発揮してみせたのだ。

それこそ口八丁で、雄弁、能弁、詭弁《きべん》の聖職者どもが苦《にが》るくらいの粘り方だった。が、それだからと、こちらの大司教、司教の面々も、あきらめるわけにはいかなかった。

「ええ、それなら、お尋ねいたしますが、陛下が払拭《ふっしょく》なされずにおられます一抹の不安というのは、一体どの部分なのでございましょうか。教区の整理合理化の点ですか。それとも聖職者の選挙というのは馴染《なじ》まないと。あるいは給養の形態が……」

ルイ十六世は甘やかされた駄々っ子のように、激しく首を振ってみせた。はああ、よろしいですか。ですから、何度も申し上げております。個々の条文について、これといった不安があるわけではありません。それについては議員諸氏が議論を尽くしてくださったろうと、議会を信頼してもおります。左様な枝葉末節に目くじら立てているわけではないのです。朕が放念できないのは、もっと大きな問題なのです。

「つまるところ、ローマの空から未《いま》だ祝福の言葉が聞こえてこないと。教皇聖下が反対なされているものを、フランス王として批准してしまうのでは、『敬虔なるキリスト教徒たる王』の名を貶《おとし》めることにもなりかねないと、そう申しているのです」

そう続けられては、さすがのタレイランも感心はできなかった。堂々と声に出して恥じないルイ十六世に覚えるのは、今度は憐憫《れんびん》の情だった。なんとなれば、普通は自分で情けなくなるものではないか。自分の王国で施行される法律を、自分の判断で良いとか悪いとか決するでなく、すっかり他人まかせにしたいという話なのだから。

――無責任だな。

それが王たる者の態度なのかね。そんな風だから革命だって起きるのじゃないか。そう肩を竦《すく》めながら、タレイランとて心の別な部分では頷《うなず》けないわけではなかった。ああ、ルイ十六世の感覚では、それが普通なのだろう。

「だって、無視してよろしいのですか、ローマ教皇聖下ともあろう御仁《ごじん》の御考《おかんが》えを」

朕にはできない。今日まで、そんな破廉恥《はれんち》に及んだフランス王はいない。そうも続けられれば、いよいよタレイランとしては、ぷっと噴き出さざるをえなくなる。

——まったく、よくいうよ。

建前論にも程があった。千年から前の昔話は知らず、少なくともルイ十六世の直接の先祖、ブルボン朝の開祖アンリ四世などは、公然たるプロテスタントだったではないか。宗教改革の急先鋒《きゅうせんぽう》、ローマ教皇の権威など歯牙《しが》にもかけない新教徒、そのフランス国内における首領だったのではないか。

それが王族の血を引いていたため、フランス王家が断絶したとき、その位を継承することになった。が、それこそ「敬虔なるキリスト教徒たる王」の地位にプロテスタントなどつけられないと、反対派の抵抗は必至の情勢だった。なんとか宥《なだ》めるための方便として、アンリ四世が繰り出したのが歴史に残る離れ業、あっさりカトリックに改宗してしまうという、鉄面皮の禁じ手だったのではないか。

——はい、これで立派なフランス王の出来あがり。

こみあげる笑いを殺すのに、タレイランは少なからぬ努力を要した。はん、なにが「敬虔なるキリスト教徒たる王」だ。そんな呼び名が、敬虔な信仰の証《あかし》であるはずがない。かえって欠片《かけら》の道徳心も感じられない。ただひたすらに政治的な怜悧《れいり》あるばかりだ。つまるところは、教会を味方につけようとしたのだ。神を利用しようとしたのだ。そうした方便を身につけた卑劣を捕えて、歴史は皮肉を交えながら、「敬虔なるキリスト教徒たる王」と呼んできたのではないのか。

「…………」

タレイランは努めて、にやけた頰《ほお》を引き締めた。ああ、へらへら笑っている場合でない。なにせ神を巧みに利用する、それこそ歴代フランス王の奥の手だったかもしれないのだ。

アンリ四世の離れ業を持ち出すまでもなく、ローマ教皇に逆らうフランス王など、歴史のうえでは珍しいものではなかった。ああ、教皇の言だからと、素直に聞くつもりはない。聖職者を尊重する心など、そもそもが皆無だ。ただ利用しようとする。素知らぬ顔で、ふてぶてしく。

――ルイ十六世も、その手合いか。

善人であるがゆえに神を畏《おそ》れる気持ちも強い。それがミラボーの見立てだったが、目の前で繰り返されている、ローマ、ローマの傲岸《ごうがん》な一点張りときたら、どうだ。

タレイランとしては、心に皮肉を続けないではいられなかった。はん、一途《いちず》な信仰ゆえの話であるならば、すでにしてルイ十六世は聖人さまじゃないか。そんなわけがないからには、愚鈍な男一流の方法ではありながら、やはり先祖の十八番《おはこ》を継いだフランス王として、神を利用しようとしているのだ。

──なんてことだ。

他面それができなかったから、ペリゴール伯家は駄目だったのだとも、タレイランは心に呻《うめ》いた。正直すぎるからには、信じていないものを信じているふりはできない。といって小心すぎるからには、はっきり神などいないとも否定できない。敬虔な信者として、他愛《たわい》なく神を信じるしかなくなって、あげくがフランス王の軍門に降《くだ》ることになったのだ。

──危ない、危ない。

また騙《だま》されるところだった。タレイランは目立たない仕種《しぐさ》で、本当に額の汗を拭《ふ》いた。ああ、ルイ十六世は神など信じるわけではない。もとより、この現代に神を信じる人間などいない。ああ、誰もが利用するだけだ。ああ、全て計算ずくなのだ。見抜けないまま、みくびりに安住しては、足元をすくわれないともかぎらない。

──かわりに警戒さえしていれば……。

それなりに攻略の術《すべ》はある。タレイランは従前の息苦しさから、かえって楽観に傾いた。つまりは信仰ではないからだ。脳味噌《のうみそ》で考えた計算でしかないからだ。損得で否と断じたものならば、損得で応とも覆しえるのだ。

実際のところ、さすがのルイ十六世も返す言葉が減ってきた。

「というのも、陛下、こういう考え方はできないでしょうか。ローマから祝福の声が聞こえてこないという、その事実こそが祝福の証なのであると」

「どういうことです」

「祝福といえば、あるいは言いすぎなのかもしれません。ただ反対しているわけではないと、それくらいにはとることができそうですな。これは由々しき事態であると思えば、ローマ教皇庁が沈黙を守ることなどございません。フランス王国の聖職者民事基本法が反キリスト的であるなどと、そんな風に考えているならば、それこそ蜂《はち》の巣を突《つつ》いたような大騒ぎになっておりましょう。このパリまで矢継ぎ早に遣わされてくる教皇特使で、ぶんぶん、ぶんぶん、うるさくなっているところでございましょう」

ルイ十六世が聞き役に回されていた。うまく宥めるものだと感心する。副業に家庭教師などやっていて、強情な子供でも預けられていたのかと、そうまで勘繰らせる口舌は、さすがのエクス・アン・プロヴァンス大司教ボワジュランだった。

# 5——説得

「ええ、つまるところ聖職者民事基本法などは、陛下が考えておられるほど、大きな問題ではないのです」

「しかしながら、ボワジュラン猊下《げいか》、ローマのほうには不服な素ぶりがないではなく……」

「あの気難し屋の聖下が、ぶつぶつやらないことなど従前ありましたか。それでも大騒ぎにはなっていない。破門の宣告が大声で叫ばれたわけではない。ですから、それは事態を静観する余裕があるという意味でございましょう。異端信仰とか、新教運動とは違う。反キリストの暴挙ではない。わかっているのです、向こうのローマ教皇とても」

「しかし……」

「万が一にという陛下の御懸念についても、拙僧としては理解しているつもりでおります。新しいことを始めるというのは、なべて不安なものでございますしね。ええ、まさに教皇聖下の祝福が欲しいところでございます。そう考えると、だんだん腹も立ってまいります。というのも、事態を静観するままなわけですからね。フランスの新法など後回しで構わないと、見方を変えれば仕事を怠けているわけですからね」

ほんの少しでありながら、ルイ十六世は表情を笑みに弛《ゆる》ませた。そこまで相手を追いこんで、多少の余裕が生まれたということか、ボワジュランは唐突な脱線だった。

「目下のところ、本王国には仮にフランス教会会議とでも呼べるような、最高諮問機関がないわけで……」

ちらと一瞬のことながら、こちらに目をくれることまでした。タレイランは頷《うなず》きで応《こた》えてやったが、内心は愉快に思うわけではなかった。ああ、わかっている。わかっているが、今はルイ十六世を説得することだろう。そんな無駄口を叩《たた》いて、まだまだ気を抜けるような状況ではないだろう。すっかり掌《たなごころ》の中《うち》というわけじゃあないだろう。

タレイランの頷きは、相手に任務の遂行を促すものでもあった。もちろん、ボワジュランは仕事を忘れるような男ではない。ええ、フランス教会会議があれば別ですが、ないからには教皇聖下に、その役割を補っていただくしかないわけで。

「陛下が仰《おっしゃ》いますように、ローマの祝福さえあれば、もうひとつの心配もなくなります。実際、心配でならないという向きは、ひとり陛下だけではあられないのです」

「と申されるのは……」

「他ならぬ当事者、ええ、フランスの聖職者たちでございますよ」

「そうなのですか」

「さすがに目まぐるしいくらいの急展開でございました。議会が次から次と打ち出してくる新機軸には、聖職代表として選ばれ、議席を与えられている我々でさえ、ついていくのがやっとなわけです。いや、議員でなくとも高位聖職者ならば、まだしもパリで進められている議事内容を逐一報告させて、それを自分で咀嚼《そしやく》することも可能です。ところが、フランス各地にあって、日々の聖務に忙しくしている現場の神父たちとなると、全体なにが起こっているのか、それさえ知れないという有様なのです」

不安に思うのも当然の話です。そうボワジュランにまとめられて、いよいよルイ十六世は人心地つけたような表情だった。

自分だけではない、ひとり責められるわけではない、みんな同じなのだと教えられ、追い詰められた気分が緩和したのだろう。真正面から角を突き合わせる謂《いわ》れはなく、実は同じ立場だったのだと仄《ほの》めかされることで、孤軍奮闘の心細さまで一気に解消したのだろう。ああ、ここまで来れば、もう掌の中といってよい。

――さすが、ボワジュラン猊下であられますな。

タレイランは、そこは素直に感心した。ああ、さすがにミラボーが買う男だけのことはある。硬軟巧みに話の基調を操作しながら、そうと気づかれないまま、相手を自らの懐に取りこんでいく。

「ええ、もう我々としても、ほとほと困り果てております。このままではシスマが起こりかねないからでございます」

「教会が分裂すると。まさか、そのようなことは……」

「いえ、いえ、陛下、憲法に宣誓せよと、このまま強制される運びとなりますれば、それを拒否する聖職者も出かねません。さすれば、フランスの教会は宣誓派と宣誓拒否派に分裂してしまうのです」

「だから、そのような宣誓を強いる法律に、朕《ちん》は批准を与えたくないと……」

「あるいは賢明な御判断と申せましょう。けれど、それが通らないのが、今のフランス、今のパリなのでございます」

ボワジュランは情けなく眉尻《まゆじり》を下げてみせた。ええ、陛下が批准を行わず、宣誓強制法案が廃棄されるとなりますれば、またぞろ抗議集会が組織されることでしょう。興奮した群集は、武力蜂起《ほうき》も躊躇《ちゅうちょ》しないかもしれません。少なくとも教会という教会を襲撃して、神父たちに私刑を加えるくらいの真似《まね》はしかねません。

「ですから、ここは陛下の御力《おちから》におすがりするしかないと」

「朕の力ですと。それこそ朕に、なにができると仰るのです。国王の大権とて、あらかた議会に奪われてしまいました。あまつさえ民衆の暴力を前にしては、朕など無力そのものでは……」

「先んじて、シスマを回避してくだされればよいのです。ですから、宣誓強制法案を批准してくださるだけでよいのです」

「しかし、そんな法律を強いては、反発する聖職者が跡を絶たないのでは」

「陛下の御墨付きあったとなれば、まったく別の話です」

「しかし、朕はローマ教皇ではありませんぞ。祝福を与えることなどできません。ただのフランス王という立場で……」

「いえ、ただのフランス王ではございません。『敬虔なるキリスト教徒たる王』であられます」

「…………」

「陛下が仰いましたように、フランス王という至高の地位は、古《いにしえ》より神の栄光を伴わせるものなのでございます。神に祝福されたルイ十六世が認めたとなれば、聖職者の不安は一気に解消されましょう。新しい時代に一歩を踏み出す勇気を与えられましょう」

ここぞとボワジュランは畳みかけた。ルイ十六世のほうは、たじたじの体《てい》である。ぼそぼそ言葉を続けても、もはや言い訳にしか聞こえない。

「しかし、それではローマ教皇をないがしろにするようで……」

「教皇庁には引き続き働きかけます。あるいは近くフランス教会会議という、新たな聖界の最高意思決定機関が創設されるかもしれませんし」

「そうなのですか。そういうことなら……、いや、しかし……」

もう逃げ場はない。わかっているはずなのに、なおもルイ十六世は煮え切らなかった。

と申すのも……、なんというか……、それで聖職者が安心するなら重畳ながら……、朕の懸念のほうは依然として解消されないというか……。

もちろん、ボワジュランは逃げ口上など許さない。

「恐れながら、陛下、万が一と申しますならば、万が一にもフランスにシスマが起きた日には、それこそ陛下の『敬虔なるキリスト教徒たる王』の名前が泣くというものではございますまいか」

「……………」

「まずはシスマを回避することでございます。シスマさえ回避できますれば、教皇庁の祝福のほうとて約束されたも同然でございます。というのも、たとえ聖下がどんな気難し屋であられたとしても、事態の収拾なったフランスを再び掻《か》き回して、あえてシスマを起こしてやろうなどとは試みないと思われるからです」

「それはそうでしょうが……」

「でなくとも、すでに陛下は議会に約束なされているのですぞ」

そこでボワジュランは、いきなりの大声を用いた。情理を尽くして丁寧に言葉を重ねたこれまでの様子から一変して、今度は脅しつけるようだった。ええ、これだけの大事でございます。よもや忘れたとはいわせませんぞ。繰り返し批准を急かされ、業《ごう》を煮やした結果にすぎないとしても、陛下は三日前の議会で公言なされているのです。

「十一月二十七日の宣誓強制法案に批准の用意があると。すでに聖職者民事基本法の批准を果たした身にして、それを補完する法案を拒否する理由はありえないと」

「あのときは……」

いいかけて、ルイ十六世は言葉を呑《の》んだ。さらなる抵抗の虚《むな》しさを見越したということだろう。無駄口を叩くかわりに、吐き出したのが大きな溜《た》め息だった。

「わかりました。ええ、わかりました」

王は窓辺に置かれた書机に歩を進めた。ぞろぞろ肥満体が続いて、まわりを取り囲んでしまったので、なかの様子はみえなかったが、かりかりペン先が軋《きし》む音は聞こえた。ほどなく僧服の並びが、どよと呻《うめ》くような声を洩《も》らした。続けて手を打ち鳴らしたからには、法案に批准の署名がなされたということだろう。

――はん、やはり折れたか。

タレイランは、ふんと鼻から息を抜いた。こんなものだ。ああ、損得なら折れるのだ。同じ神を論じても、真に強固な信仰でなければ、最後まで貫くことなどできないのだ。

説得の高位聖職者たちは、そのまま机の周囲で沸き続けていた。掻き分けるような手ぶりで、ひとり抜け出してきたのが仏頂面のルイ十六世だった。署名に応じたとはいえ、負かされたかの屈辱感は否めないということだろう。納得するしかないと承知して、なお心は乱れないではいられないというのだろう。

遠巻きにしていたタレイランの袖《そで》をかすめて、王が直進したのが反対側の部屋奥だった。ずんぐりした背中を目で追いかけると、数人の側近が壁際に控えていた。なかんずく、長身の貴族が表情に共感の色を浮かべて、ルイ十六世を迎えていた。

白粉がふりかけられた鬘《かつら》は同じとして、銀色にも近いような金色の眉毛は、あまりみないものだった。生粋《きっすい》のフランス人にも金髪はいるが、ラテンの血が濃いだけに、こうまで薄い色にはならない。

外国人か、とタレイランは当たりをつけた。ああ、そうかと思い出されたところ、確かにヴェルサイユには、同盟国スウェーデンから来た男がたむろしていたなと。

——名前は確かフェルセン伯爵と。

刹那《せつな》に去来したのは、ある種の胸騒ぎだった。

第六感には実は密《ひそ》かな自信がある。このときも不可解な衝動に急かされて、タレイランは歩を進めた。右足の不自由にも頓着《とんちゃく》していられないと思うほど、なぜだか心が切迫していた。

ルイ十六世の声が聞こえてきた。ええ、とうとう署名してしまいましたよ。ああ、もう、なんて口惜しい話だろうか。

「こんな国の王でいるくらいなら、メッスの王になったほうがマシです」

そう言葉が聞こえた時点で、タレイランは歩みを止めた。足元に落ちていた糸屑《いとくず》だけ指で摘《つま》むと、そのまま引き返してしまった。それどころか、加わりたくない聖職者の輪に加わって、そしらぬふりを装い続けた。

いうまでもなく、その間も考えないではいられなかった。いったい、どういう意味なのだ。こんな国の王ではいたくないとは。メッスの王になりたいとは。

名前が出た都市メッスはフランス王国の北東辺、ロレーヌ国境の町《ムニシパリテ》である。

——もしや国外逃亡でも企てているのか。

一瞬の戦慄《せんりつ》に捕われながら、すぐにタレイランは自嘲《じちょう》の笑みに流れることができた。考えすぎか。

いや、貴族という貴族が亡命するなか、かかる選択肢がフランス王の頭に浮かばないわけがなかった。なにせフランスを出た外国では、王弟アルトワ伯からして反革命の運動を逞《たくま》しくしているのだ。義兄にあたるオーストリア皇帝とて、協力しないでもないような話を持ちかけてくるのだ。

それでも今日まで見送ってきた。まずは容易でないからだ。ひとを唸《うな》らせる粘り腰のルイ十六世も、大胆不敵な行動力となると、からきしになるからだ。加えるに、かの宮廷秘密顧問官が許さないとなれば、フランス王の亡命など決して起こりえないのだ。

# 6——上機嫌

「実際、ミラボー伯爵には今度も驚かされました」

そう打《ぶ》ち上げて、ボワジュランは今や上機嫌だった。

ルイ十六世の部屋を辞したときから、いくらか興奮気味だったのだが、テュイルリ宮殿も調馬場《マネージュ》のほうに移り、ぞろぞろ高位聖職者ばかりで議会の教会委員会室に進めば、いよいよ遠慮の素ぶりもなくなった。どうしてって、十二月二十三日の議会答弁、あれを陛下に促したのは、ミラボー伯爵だったというんですからな。拙僧も詳しくは存じ上げませんが、なんでも行動計画のようなものを送りつけたのだそうです。これが陛下の御心《おこころ》を動かすこと大だったようなんです。

「いやはや、本当に恐れ入ります。宣誓強制など断固拒否と貫いてきたものが、一気に批准の方向に傾いたというんですからな。その勢いで三日前の議会で公言してしまって、かかる既成事実がなかったら、あの粘り腰ですからな、ルイ十六世という御仁《ごじん》は。今度も逃げられてしまうところでした」

あとに笑いを続けながら、ボワジュランは紙挟みを叩《たた》いてみせた。ばんばんと音まで立てたくなるというのは、その朱色の厚紙に挟まれて、ルイ十六世の署名書類が収められていたからだった。ええ、とにかく、やりました。ええ、ええ、これさえ手に入れてしまえば、あとは怖いものなどない。

「うまく行きます。きっと全てが、うまく行きますよ」

やはり、興奮しているのだろう。よほどの達成感を覚えているのだろう。ボワジュランは常ならないくらいに多弁だった。それがタレイランには、なんだか不愉快に感じられた。

――少なくとも居心地の悪さはある。

居づらく感じるべき理由があるわけではなかった。

第一に仕事は大成功である。ルイ十六世の説得にはエクス・アン・プロヴァンス大司教が欠かせない。そう相棒に説かれるや、きちんと自分でボワジュランと面会した。従前の非を詫《わ》び、あるいは誤解なのだと弁解しながら、平身低頭の態度で協力も請うた。あげくに手を組みなおし、今や共闘する仲間として、席を同じくしているのだ。ともに重ねた奮闘を実らせて、宣誓強制法案の批准に漕《こ》ぎつけているのだ。

気づまりを覚える謂《いわ》れはない。本当ならボワジュランに劣らぬ上機嫌で、笑い声を響かせて然《しか》るべき立場だ。少なくとも仕事を遂げられた安堵感《あんどかん》に、ふうと大きく息を吐《つ》くことくらいはできるはずだ。なんとなれば、この私こそ首謀者なのだ。そう自ら見做《みな》しながら、今日まで努力を続けてきたのだ。

――なのに、どうして息苦しい。

我ながら、タレイランは解《げ》せなかった。というより、こうも居づらく、ほとんど窮屈な思いさえ強いられているという理不尽な現実に、だんだん腹が立ってきた。ああ、これは全体どういう話だ。シャルル・モーリス・ドゥ・タレイラン・ペリゴールともあろう人間が、ときに卑屈な愛想笑いまで浮かべて、どうしてこんな風に小さくなっていなければならないのだ。

「…………」

タレイランは、ようやく気がついた。不満が湧《わ》いて、抑えられなくなっていること自体が、あるいは仕事を終えた達成感、満足感、安堵感の裏返しなのかもしれない。というのも、今日まで私は繰り返し繰り返し、自分に言い聞かせてきたのだ。

「我慢、我慢」

今は我慢のときなのだと。ルイ十六世の署名を手に入れるまでは、なにがあろうと、我慢を続けなければならないのだと。

それが果たされ、もう自分を殺していなければならない理由はなくなった。なのに、どうして私は今も抑え続けているのだ。エクス大司教の上機嫌に話を合わせる、他の高位聖職者どもと横並びで、どうして追従《ついしょう》の笑みなど浮かべていなければならないのだ。自問を重ねるほど、タレイランの腹立ちは高じていくばかりだった。ああ、どうにも納得できない話だ。もしや我慢を続けた間に、自分を抑える卑屈な癖がついてしまったのか。あるいはボワジュランの前に出ると、自然と萎縮《いしゅく》してしまう屈辱的な習慣が、もう身についてしまったのか。

――だとしたら、それは一刻も早く矯正しなければ。

タレイランの思いをよそに、にやけた高位聖職者たちは続けていた。いや、ミラボー伯爵の影響力もさることながら、ボワジュラン猊下《げいか》の説得こそ、やはり決定的だったと思いますな。

「我ら一同、猊下をフランス聖界の指導者と仰ぎ見ながら、ついてきて正解だったと、今日ほど誇らしく思えた日はございません」

「いやいや、それほどの話では……」

「それほどの話でございます。実際のところ、ボワジュラン猊下のおかげで、フランスの教会は救われたのです。もう少しで本当に破滅してしまうところでしたから」

「ああ、それは、その通りですな。大した問題ではないなどと、陛下の御前では軽く片づけたものですが、その実は危なかった。まさに八方塞《はっぽうふさ》がりの状態で、フランスの教会は崩壊、分裂の瀬戸際まで追いこまれていたといえましょう」

「あらためて背筋が寒くなりますな。まあ、とりあえずは窮地を脱したことですから、あとはローマのほうを、おいおい攻めて……」

「いや、ですからローマでなくても構わないのです。というより、むしろ望ましいのはフランス国内で……」

タレイランはハッとした。自分に視線が集まるのがわかった。ある種の殺気がこめられているような気までした。もちろん、その理由も察せられないではない。議会に拒絶されるまま、フランス教会会議の設立を一度は放棄したからだ。いや、そうではないと弁解して、設立に向けた努力を再び約束していたからだ。にもかかわらず、まだ具体的な形としては、なにも示せていないからだ。

「まあ、まあ、御一同、そう先を急ぐこともありますまい」

仲裁するかの言葉遣いは、再びのボワジュランだった。急いだからと、好ましい結果が得られるというわけでもありませんからな。ルイ十六世の粘り腰に劣らず、また議会の強硬姿勢も一筋縄ではいかないと、それは周知の事実なわけです。自らと並ぶ国権の最高機関は置きたくないと、そうした主張も容易なことでは取り下げますまい。ラ・ファイエット侯爵の権勢、いまだ侮れずという政局でもあります。ミラボー伯爵の政権が成立するまでは無理と、それくらいに考えておいたほうが妥当でしょう。

「ええ、どれだけオータン猊下が熱心に取り組まれようと、無理なものは無理なのです」

ならば急《せ》かすだけ、御仕事《おしごと》の邪魔をするだけだ。そうやってボワジュランは、こちらを弁護するような台詞《せりふ》まで回してくれた。

政情の分析は間違いなかった。それにかこつけて、タレイランが仕事を怠けているわけでもなかった。それどころか、フランス教会会議の設立に向けて、今度こそ日々の鋭意努力を重ねていた。立法化のための草案は執筆にかかっているし、それが仕上がるのを待たずして、議長を捕まえ発議日程を調整、さらには大貴族の人脈を駆使して、議員各派の根回しにも余念がない。

――まさに非の打ちどころがない。

睨《にら》むような目を向けられるどころか、皆に褒められ、労をねぎらわれ、あるいは感謝されても、少しも奇妙でない働きぶりだ。ああ、なに後ろめたいわけではない。ボワジュランに弁護されて当然だと、そうもタレイランには自負があった。が、裏腹の感情で、だからこそ癪《しゃく》にさわるという思いもあるのだ。

――まるで保護者きどりじゃないか。

タレイランは今さらに気づいた。気に入らないのは、ときに叱責《しっせき》し、またときに弁護しながら、いつの間にやらボワジュランが上の立場で振る舞い始めたことだった。なるほど、勘違いするはずだ。なるほど、増長してしまうはずだ。なんとなれば、以前の落度を詫びるため、この私ともあろう人間が頭を下げてしまったのだ。

　和解を果たすのみか、さらに協力まで頼まなければならないとなれば、いっそう下手《したて》に出ないことには始まらなかった。だから、ますますボワジュランは上になる。こちらを下僕のように扱い、すっかり主人きどりになる。

――そのせいで私のほうは、心が塞いで仕方ないよ。

　なお一同に視線を注がれながら、タレイランは沈黙を貫いた。フランス教会会議の設立について、進捗《しんちょく》状況を報告しようと思うなら、それなりにできないわけではなかった。なお残る高位聖職者たちの反感を払拭《ふっしょく》する、今こそ絶好の機会であるのかもしれなかった。少なくとも、ボワジュラン猊下からは御褒《おほ》めの言葉があるに違いないが、だから、なんだか御機嫌とりみたいで、私は嫌だというのだ。

――下僕の身じゃないからね。

　高貴に生まれついた者にはできない。零落して死ぬことになろうとも、やりたくない。もうタレイランは自分を抑えたくはなかった。我慢といい、自制といえば、確かに聞こえはよいのかもしれないが、それは他面で自分を貶《おとし》めることと同義なのだ。

――そんなことは、やっぱりできない。

　タレイランは憮然《ぶぜん》たる表情を露《あらわ》に、今や隠そうとしなかった。ああ、少なくとも貴様らを前に、遜《へりくだ》らなければならない人間ではない。貴様らは損得ずくの、卑しい輩《やから》にすぎないからだ。ルイ十六世と変わらず、最後は挫《くじ》かれてしまうほうの立場だからだ。

——私は違う。

このタレイランには絶対の信仰がある。神を信じるなどという、絵空事の話ではない。自分自身の価値について、絶対の確信があり、それが少しも揺るがないというのである。だから、負けない。最後は負けない。

そう心に唱えながら、タレイランは立ち上がった。なにごとかと、一同は少し驚いた顔になった。が、やはり仲間と思うのだろう。そうして見くびる気分があるのだろう。そのまま騒ぐことなく、あくまで様子を見守る態度を崩さなかった。

「どうなされた、オータン猊下」

ボワジュランには、そうも確かめられた。タレイランは答えず、ただ断固として歩を進めた。悪い足を不器用に運びながらも前進して、手を伸ばした先が朱色の紙挟みだった。ええ、猊下、ちょっと失礼いたします。中身を確かめさせてもらいます。ああ、これで間違いありません。ルイ十六世の署名が漏れなく入っております。

「では、いただいていきます」

「オータン猊下、なんと……」

「ですから、書類をいただいていくといったのです。ボワジュラン猊下の仰《おつしや》るように、これさえあれば、もう怖いものなしなわけですからな」

答えながら、そのときすでにタレイランは扉に手をかけていた。

半分だけ開けると、隣室に自分の従者が控えていた。足が悪い事情があるので、いつも三人は引き連れる。常に介助を命じることができるように、必ず近くに控えさせる。気分が悪い輩を掃除する用事もあるので、うちひとりは用心棒兼の巨漢である。だから、もう怖いものはない。

「すでに用なしなんですよ、あなた方は」

「…………」

「フランス教会会議ですと。はん、そんなもの、誰が設立してやるものですか」

「まさか、貴僧、一度ならず二度までも……」

そう確かめようとしたボワジュランの言葉など、最後まで聞いてやらなかった。べろりと大きく舌を出し、おどけた表情だけ拵《こしら》えて残すや、ぴょんと左足で跳んで、さっさと部屋を出たからだ。

がたがた騒がしい気配が背後に続いていた。肥満体の群れは慌てて追いかけようとしたのだろうが、こちらが出たあとの扉は用心棒兼の従者が、自慢の怪力でがっちり押し止《とど》めていた。だから、無理さ。この私を追いかけようなんて、土台が無理な相談なのさ。

──ましてや上から抑えつけようだなんて。

ようようタレイランは石の四壁に大きな笑いを響かせた。ああ、すっきりした。やはり、あれだな。上役のような立場の人間は、この私には必要ないな。教会も組織なのだというかもしれないが、そもそも司教の職なんか、いつ辞めてもかまわないわけだし。いくらか冷静になってみれば、やはり後悔がないではなかった。ボワジュランは激怒するだろう。聖職者連中には再び恨まれてしまうだろう。が、それでもタレイランは今さら取り繕おうとは思わなかった。ああ、やはり知ったことじゃない。ああ、私が悪いわけではない。私なら我慢したのだ。よくぞ今日まで我慢したと、自分を褒めてやりたいくらいなのだ。

――悪いのは調子づいた奴《やつ》らのほうだよ。

ひとつ罰を受けるがいいさ。そうやって肩を竦《すく》めたタレイランは、やはり振りかえらなかった。ああ、自分を信じる私は負けない。それが証拠にルイ十六世の批准署名は、この私の手中にある。宣誓強制法は滞りなく施行される。全ての聖職者は八日の間に宣誓しなければならなくなる。免職の憂き目をみたくなければ、もう他にしようがない。ああ、私の勝ちだ。やはり、勝ちは動かないのだ。

# 7——サン・シュルピス教会

教会の鐘が鳴らされていた。きんと冷たい空気が響き渡らせるからなのか、その音は仰天するくらいに大きく、しかも鋭く刺さってくる印象だった。

——なにか、おかしい。

どこかしら、しっくりこない。不意の苛々《いらいら》まで覚えながら、ロベスピエールは高い鐘楼を見上げた。なお違和感はなくならず、どれだけ目を凝らしたところで、冬の晴れ間の青空に答えがみつかるわけではなかった。

数秒で見限り、地上に目を戻していけば、今度は厳《いか》めしい石の建物に圧倒される。微妙に形の異なる鐘楼が、離れて左右に並んでいる。おびただしいほどの装飾と、整然と連なる石柱の並びが、下階、上階の二層に分けて、それぞれ壁面に施されている。それは古風な、いかにもというような聖堂だった。

威圧的というならば、かのバスティーユの正門に通じる佇《たたず》まいもないではない。アンシャン・レジームの遺物といえば、やはり遺物なのかもしれない。が、そこからは、新しいものも生み出されるのだ。

両開きの扉が開け放たれると、なかの暗がりから歩み出るのは一組の男女だった。初々しい二人が晴れの日を迎えたことは、やはり間違いないようだ。

「おめでとう。おめでとう」

結婚式が行われたのは、パリ左岸のサン・シュルピス教会だった。

北にサン・ジェルマン・デ・プレ大修道院、南にリュクサンブール宮殿と挟まれながら、普段は都心の建物に埋もれるような古寺にすぎなかった。その名前が多少の浪漫《ロマン》と郷愁を感じさせるとすれば、カルチェ・ラタンの名前で知られる学生街に隣接しているからだった。

この街でロベスピエールも、若かりし時代をすごした。こちらは修学を終えるや、すぐさま故郷のアラスに退《ひ》いたが、すぐ西隣のコルドリエ街などに馴染《なじ》みながら、そのままパリに留《とど》まり、のみならず学生の頃から眺め続けた教会で、結婚式まで挙げる仲間もいたのだ。

「おめでとう。おめでとう」

祝福の声に包まれながら、リュシル・デュプレシは泣いていた。そうして涙に汚れた顔さえ、心えたような冬の陽に照らされて、シトロン色に輝いていた。いや、輝くというならば、この二年というもの、どんどん輝きを増していた。純白の晴れの衣装がよくにあう、やはり可憐《かれん》な花嫁になった。

――とすれば、もうリュシル・デムーランと呼ばなければならない。

喜びはカミーユ・デムーランも同じだった。いや、かえってカミーユのほうが念願の結婚であり、他愛《たわい》ないくらいの満面の笑みなのである。

なるほど、どう努めたところで、頬《ほお》は勝手に綻《ほころ》び、容易には引き締められまい。なるほど、こたび実を結んだ交際は、もう七年越しの恋だというのだ。

「あきらめなかったカミーユもカミーユなら、一途《いちず》に信じ続けたリュシルもリュシルで、本当に見上げたものだな」

新郎新婦を迎えたカーネット通りの列にあって、ロベスピエールは感慨の言葉を声に出してみた。

「ああ、いい結婚式だった。感動的でさえあったよ」

そう後を受けたのは同僚議員で、ジャコバン・クラブの仲間でもある、ジェローム・ペティオンだった。

シャルトル管区選出の第三身分代表は、法曹一家に生まれた熱血漢である。政治の思想信条も共鳴するところが多く、また二つ上なだけと年齢が近いこともあって、ロベスピエールは普段から懇意にしていた。デムーランとも付き合いがあるのは、ペティオンも新聞も出しているからだ。

「まったく、その通りだね」

ロベスピエールも抗《あらが》わずに頷《うなず》いた。実際、悪い結婚式ではなかった。

パイプオルガンの調べが、荘厳な雰囲気を盛り上げた。誘《いざな》う父君の腕に小さな手を添えて、リュシルは祭壇へと通じる道を進んでいった。

待ち受けたのがデムーランで、デュプレシ氏の視線に強い頷きで応《こた》えると、それを合図に腕から腕へと移される白手袋の指先を受けとった。刹那《せつな》に互いの潤んだ瞳《ひとみ》を確かめれば、いよいよ二人で神の御前に跪《ひざまず》く番だったのだ。

神父の導きにしたがって、誓いの言葉が述べられて、それはカトリック教会で千年も繰り返されてきたであろう、型通りの結婚式だった。女なら、きっと少女の頃から憧《あこが》れてきたような、そういう結婚式だともいえる。

いや、昔からの決まり事であれば、男だって意識しないわけではない。憧れというような甘い感情ではないにしろ、いつかは自分も、こういう教会で式を挙げるのかもしれないなと、誰しも漠然とした想像くらいはするだろう。

「してみると、やられたな」

ロベスピエールは冗談めかした。ああ、カミーユに先を越されてしまったよ。

引き続き、隣でペティオンが受けた。そうか、君にとってはルイ・ル・グラン学院の後輩なんだな、デムーランは。だから、先を越されてしまったと。先輩の自分が、まだ独身でいるというのにと。まあ、わからん理屈ではないが、ロベスピエール、しかしだ。デムーランにしてみたところで、もう三十歳になっているんだ。早すぎる結婚というわけではないぞ」

「つまり、私が遅すぎるだけなんだと、カミーユの先輩にあたるくせに、いまだ妻も子もない私のほうが、いくらか変わり者なんだと、そういう手厳しい指摘かい、ペティオン」

「はは、絡まないでくれたまえ。三十前後まで独身で来たならば、先を越されたとか、順番が狂ったとか、問題にする意味なんかないだろうと、そういうことを私はいいたかったわけさ。既婚者からの忠告でもないんだが、意中の相手がいるとなれば別だけれど、結婚そのものを今から急ぐ理由はないだろうとね」

「それは同感だ。どんな女でも構わないから、とにかく結婚したいとは私も思わないよ。ただ、それでもカミーユには、してやられたと、歯嚙《はが》みせざるをえないのさ」

我ながら悪乗りがすぎるかなとは思いながら、ロベスピエールは妙に浮かれて続けてしまった。ああ、リュシルみたいな素晴らしい女性を自分の妻と呼べるのであれば、私だって今すぐ結婚してみたいよ。

「ほおお、いうもんだな、ロベスピエール先生も」

聞きつけて、やってきたのが大きな影だった。というか、先着したのが酒臭い息で、もう大分酔っていた。いやはや、その通り。まったく、同感。リュシルとなら、俺《おれ》だって今すぐ結婚してみたいや。なんたって、ほら、腰のあたりなんか、むっちり肥えてきちまって、おい、おい、なんだか急に熟れてきたんじゃないのかい。

「うひひ、えひひ」

酔漢の下卑た笑いが続いていた。が、サン・シュルピス教会の正面には、新郎新婦の家族、親族も出てきているのだ。デュプレシ家は中央、デムーラン家は地方と、その違いがあるとはいえ、ともに王家の官僚という堅い家柄なのだ。

悪乗りのロベスピエールも、一緒に相好を崩しているわけにはいかなくなった。

「おい、ダントン、ちょっと声が大きいぞ」

「なんだと。声が大きいだと。はん、かまうもんかい。だから、マクシミリヤンも遠慮しないで叫べばいいんだ。私も女が好きなんですってな。真面目《まじめ》そうな顔してますが、それだけに律儀者といいますか、実はかなりの助平なんですってな」

「ダントン、怒るぞ、本当に」

「おお、こええ、こええ。なんだよ、俺は褒めてるんじゃねえか。おまけに喜んでるんじゃねえか。てえのも、清廉《せいれん》の士、不動の理想家、ロベスピエール大先生ともなると、もしや、そういうことには興味ないのかとも不安に思ってきたんだ。まだ童貞なんじゃないかとか、でなかったら男色家なんじゃないかとか、皆で噂《うわさ》してたくらいなんだぜ」

「し、しし、しっけいな……」

赤面したことが、わかった。頬の火照りを自覚するほど、ますます顔が赤くなる。いや、むきになっては、かえって笑われるだけだとは思うのだが、それでもロベスピエールとしては応酬しないでいられなかった。だから、いいかい、ダントン。いかなる意味においても、私は異常な人間じゃない。ドン・ファンを騙《かた》るつもりもないが、といって尋常な結婚の意志がないわけでもない。元の素性が孤児だからね。きちんと家庭を築きたいという気持ちは、むしろ人並以上に強いくらいだ。

「ああ、いつかは私も結婚したい。しかし、それは今ではないとも思うんだよ」

そう明言するころまでには、ロベスピエールも落ち着きを取り戻していた。それどころか、俄《にわ》かに自信に満たされた。先刻教会の鐘の音に覚えた違和感の正体を、期せずして突きとめることができたからだ。

言葉にして自覚するほど、ますます自分が正しく感じられるばかりだった。

「ああ、今は結婚どころではない」

## 8――個人の幸福

個人の信条として、結婚どころでないだけではなかった。ロベスピエールにいわせれば、結婚から恋愛から、遊戯、遊興、さらには蓄財、栄達というような欲望を含めて、今は個人の幸福を追い求めるときではなかった。

いうまでもなく、革命の最中だからだ。個人の幸福を実現するより先に、社会の変革を実現しなければならないからだ。

――個人の幸福は後回しで構わない。

そうロベスピエールには、はっきり断言する用意があった。後回しで構わないというより、より強く後回しにしなければならないとさえ思う。社会の変革が遂げられないでは、個人の幸福などありえないからだ。

ありえるとするならば、それは不当な幸福と裁断されなければならないだろう。未《いま》だ社会は歪《ゆが》んでいる。多数を犠牲にすることで、少数が幸福を独占している。これを正さないうちは、個人の幸福など追い求めるほどに、社会を悪くしていくだけだからだ。あるいは虐げられた弱者であるなら、個人の幸福も追求するべきなのかもしれなかった。どれだけ貪欲《どんよく》に望もうと、その場合の幸福など知れたもの、端《はな》から限られたものだからだ。自分が生きていくので、もう手いっぱいなのだ。

社会を変革しようというような余力はない。どう変革すればよいのか、そもそもの理想を胸に燃やすことさえ難しい。

——誰彼となく無理強いするつもりはない。

それでも社会を変えうる立場にある、少なくともあるようにみえる人間には、厳しい目を向けざるをえない。利己に走る余人を軽蔑《けいべつ》するならば、ロベスピエールは増して自分に厳しくならずにいられないのだ。ああ、私にはフランスを良くする力がある。あるべき理想も獲得している。議員として働く機会も与えられている。であるからには女になど、かかずらっていられない。結婚など考えている暇がない。恋愛など不謹慎にも感じられる。

「かえって邪魔になるだけなんだ、今は伴侶《はんりよ》など儲《もう》けても」

「というが、マクシミリヤン、この俺《おれ》さまも女房持ちだぜ。所帯なんか持っちまったら、もう革命に参加する資格はねえだなんて、そんな風に片づけられたくは……」

ダントンが途中で止《や》めたのは、やかましいくらいの咳払《せきばら》いに邪魔されたからだった。

ん、んんん。ん、んん。ひとつ、いいかね。

「形ばかり結婚しているとはいえ、愛妻家ならぬダントン君の場合は、あまり関係ないと思うんだがね。女房に現《うつつ》を抜かして、あるいは女房に気を遣うあまり、革命の理想を忘れたり、政治の信条を曲げたりと、そういう心配なんかないわけだからね。もっとも浮気の相手が多すぎて、活動の時間がなくなるという恐れはあるが……」

くくく、くくく、とマラは後に笑いを嚙《か》んでみせた。毒舌家にやっつけられて、なおダントンは上機嫌だった。がはは、がはは、そいつは違いねえ。がはは、がはは、要は腰抜けにされなきゃ構わんわけだ。気晴らし程度なら、女遊びも悪からずというわけだ。

「なるほど、確かにジャン・ポール・マラ大先生は齢《よわい》四十を越えて、未だ独り身であられるものな。なるほど、なるほど、ひとりの女に縛られず、とっかえひっかえの好き放題こそ、自由の証《あかし》というわけだ」

「ダントン、馬鹿いってもらっちゃ困るね。あの女たちは……」

「なんだっていうんですか、マラ先生」

「女だてらの闘士、革命の同志というわけさ」

「おっと、同志と来やがったかい」

「いかにも同志さ。自由にして平等、しかも友愛の精神でもって、私を独占するなどという邪《よこしま》な特権は、いっさい求めようとはしないんだからね」

「がはは、こいつは傑作だ。がはは、がはは、大傑作だ」

最後は酔漢と毒舌家のかけあいになった。大爆笑で落ちをつけられ、こちらのロベスピエールとしては肩透かしの印象だった。いや、正直いえば、腹が立つ。こんな艶笑《えんしょう》漫談にされてしまうなら、義憤の言葉など迸《ほとばし》らせるのじゃなかったと、道化を演じさせられたような気分でもある。

「ロベスピエール、君のいうことはわかるよ」

かたわらのペティオンが小さな声で受けてくれた。無責任に機嫌を取りたいわけじゃない。真面目《まじめ》な話さ。ダントンだって、マラだって、本当はわかっているのさ。

「みんな、革命家なわけだからね」

いわれてみて、ロベスピエールは気づいた。

議員、市民活動家、作家、新聞主と、それぞれ立場は違いながら、サン・シュルピス教会に集うのは、あらためて革命家ばかりだった。ダントン、マラ、フレロン、当のペティオンに自分まで含めて、新郎新婦の家族、親族を別にすれば、それは革命家によって祝われた結婚式といってよかった。

無理もないのは、新郎のカミーユ・デムーラン自身が一七八九年七月の英雄にして、パリの世論を左右する新聞『フランスとブラバンの革命』の発行人、つまりは典型的な革命家だったからだ。

「つまりは心配しているのさ。これからのデムーランを案じないではないものだから、無理矢理にも冗談にするしかなかったのさ」

「それというのは、ペティオン……」

意味が取れずに、ロベスピエールは質《ただ》そうとした。が、ペティオンは無言で、左右に顎《あご》をふってみせた。ながらも目で示した先には、デュプレシ家の親族一同が並んでいた。おしなべて、身なりがよい。恰幅《かっぷく》も悪くない、少なくとも明日の食物に困るような貧しさとは無縁である。

「リュシルの持参金は十万リーヴルだとさ」

ペティオンが囁《ささや》き声で続けた。ああ、もうデムーランは金持ちなんだよ。

いわんとするところは、ロベスピエールにも理解できた。財務局の官僚とはいいながら、デュプレシ家の実際はパリの大ブルジョワだった。市内に邸宅を持つのみならず、郊外にも地所と屋敷を構えて、役人として働かなくても、株の配当を計算したり、年貢の取り立てを厳しくしたりすれば、もう金持ちとして暮らしていける身の上である。

リュシルとの結婚を果たして、その大ブルジョワとデムーランは縁続きになっていた。

――ならば、カミーユの結婚は果たして祝福されるべきか。

ロベスピエールは疑念に駆られざるをえなかった。

もちろん、ブルジョワの娘と結婚したからと、すぐさまブルジョワの価値観を帯びるとはかぎらない。それはそれと無視しながら、己を貫く革命家とていないわけではない。けれど、ダントンやマラとは違うのだ。リュシルは気遣わないではいられないのだ。結婚生活にデムーランは、多くの時間と労力を割かざるをえないはずだった。ことによると、己《おの》が理想を曲げることさえ強いられる。少なくとも全身全霊で革命に打ちこむわけにはいかなくなる。

――それでよいのか、革命家として。

カミーユは脱落してしまうのか、これきり社会変革の闘争から。あるいは変節してしまうのか、もう革命は十分だとして。考えているうちに、ロベスピエールは再びの義憤に駆られた。冗談にして、それで誤魔化《ごまか》せる話ではない。裏切られたかの不愉快さえ禁じえない。人間として下劣なようにも感じられる。そう言葉を並べながら、腹奥の焔《ほむら》を高く燃え上がらせれば、その火が自然と燃え移る先もあった。

――ミラボーは来てないのか。

ロベスピエールは今さら慌てた。祝福の人垣を確かめると、ブリソ・ドゥ・ワルヴィルは来ていた。さっきは結婚の立会人を務めて、あるいは代役ということなのかもしれなかったが、やはりミラボーの姿はなかった。

ロベスピエールは意外に感じた。なんとなくだが、あの巨漢も来るような気がしていた。最近デムーランとは懇意にしていたようだからだ。でなくても、はん、結婚式というような、私生活の華やぎを誇示する浮かれた場所には、あの手の貴族崩れ、にやけた放蕩者《ほうとうもの》ほど似合う役者もないだろうさ。

「………」

全国三部会が幕を開けたとき、ミラボーは掛け値なしの英雄だった。大衆を煽動《せんどう》する言葉の魔力、議会を震撼《しんかん》させる弁論の凄《すさ》まじさ、千里眼というべき洞察力の鋭さから、自らの足で稼ぐ意欲的な行動力、果ては権謀術数たくましき政治力まで、ほとんど超人というしかない、まさに革命の立役者だった。

ブリソやデムーランに劣らず、ひところはロベスピエールも一心に傾倒していた。

それでも悔しくはなかった。ミラボーが真実の指導者であるかぎり、かえって「猿」と呼ばれることこそ本望だった。巷《ちまた》に「ミラボーの猿」などと、ひどい揶揄《やゆ》で称されたほどだった。

──それが、あんな風に変節してしまうなんて……。

革命の理想を貶《おとし》めながら、ひたすら自らの栄達を追い求めている。そうとしか思われなくなったミラボーには、憎しみさえ抱《いだ》くようになっていた。ああ、すでにして革命に巣くう病根だ。新生フランスを歪める巨悪は、いつか倒さなければならない。

思いを巡らせるほど、感情は熱くなるばかりだった。が、それも侮蔑の念に冷えていくことはない。あんな男のことは綺麗さっぱり忘れてしまおうと、わきに追いやることもできない。恐らくは心のどこかに、今もミラボーを否定しきれない感情が残っているからだった。

――どうして、こうなる。

思うに、ひとつには袂《たもと》の分かち方がよくなかった。まだ共感を残しているうちに、どんどん距離だけ空けてしまった。そのせいでミラボーのところに、なにか忘れものをした気がするときがある。それも忘れたではすまない大切なものをだ。

――もしや私の思想は、おかしいのか。

ロベスピエールは不意の自問に襲われた。ああ、ミラボーやデムーランの感覚のほうが普通なのか。今は個人の幸福など追求するべきではないと、そう声高に叫べてしまう感覚となると、尋常な人間の道から外れたことの最たる証拠といわれなければならないのか。

「ええ、このままじゃあ、御身《おんみ》の破滅になりますよ」

騒ぎが聞こえた。いや、ダントンだの、マラだのが浮かれ騒いでいるというのは、先刻からの話だ。張り上げられた声は、それとは明らかに様子が違った。

もっと空気が緊迫して、ほとんど刺々《とげとげ》しくさえ感じられた。なにごとかと気にして、耳に神経を集めてみると、どうやら物音の出所は、アヴーグル通りを迂回《うかい》した教会の裏手のようだった。

「みてくるよ」

そうペティオンに告げると、ロベスピエールは小走りに動いた。

小柄なので物陰に隠れるのは造作もなかった。聖堂外壁の窓枠のへこみに身を潜ませ、そこから様子を窺《うかが》うと、やはり十人ほどが側廊の出入口に集まっていた。

風体《ふうてい》から界隈《かいわい》の住人であるかに思われた。怒らせた肩で詰め寄りながら、皆で取り囲んでいたのは祭服の聖職者だった。ということは、ついさっきデムーラン夫妻に結婚の秘蹟《ひせき》を与えたばかりの主任司祭、確かパンスモンとかいう名前の神父である。

「わかっております、わかっております。ですから、サン・シュルピス教区を預かる身といたしまして、信徒の皆さんのお気持ちを無視してよいなどとは、決して考えておりません。きちんと責任ある判断をいたしますから……」

「だったら、今すぐ答えてください。そんな難しい話じゃねえんです。ねえ、神父さま、手前どもが伺いたいのは、ひとつだけ。憲法に宣誓するのか、しないのか、それだけ、はっきり聞かせてくださいと頼んでるんでさ」

# 9――神父の返事

聞き耳さえ立てれば、すぐに呑《の》みこめる事情だった。

十二月二十六日、フランス王ルイ十六世が宣誓強制法案に批准の署名をなした。全ての聖職者は憲法に、実質的にはその一部となる予定の聖職者民事基本法に、宣誓を求められることになった。それも八日以内、年が明けた一七九一年一月三日までという、近々に迫る期限のうちにである。

「ですから、その件につきましては、なお検討中でございまして」

と、神父は答えていた。その煮え切らない返事を、当然のように教区の人々は許さないのだ。

「この期《ご》に及んで、ぐずぐず検討している場合じゃないでしょう」

「てえことは、パンスモン神父、宣誓しないってな話もありえるんですかい」

「そんな馬鹿な。王さまが認めなすった法律だぞ」

「聖職者民事基本法については、神学の殿堂パリ大学も支持を表明いたしましたな」

「だったら、決まりさ。すぐそこが学生街カルチェ・ラタンだっていう、サン・シュルピス教会の司祭さまともあろう方が、大学の決定に逆らうような真似《まね》はできまい」

矢継ぎ早に押しつけて、人々は勝手に決めていた。司祭はといえば、ひたすら愛想笑いだった。ええ、承知しております。ええ、ええ、全て承知しております。検討中と申し上げているのも、そこなのでございます。

「そこって、どこです。なにを迷うことがあるってんです」

「つまりはローマ教皇聖下となると、まだ祝福の意を表明なされておられないので……」

「イタリアの坊さんが、なんでパリの司祭の身の振り方に口出ししてくるんだい」

「フランスの司教さまがたとて、必ずしも賛成というわけでないようでして。そのへん、拙僧も組織の人間なわけですから、上役ともよくよく相談してみませんと」

愛想笑いも引き攣《つ》り気味で、パンスモン神父としては早く切り上げたいのだろう。それこそ自室に籠《こも》りながら、向後《こうご》の身の振り方を考えたいところなのだろう。

そのためには、やはり愛想笑いが肝要で、とにもかくにも穏便に、この場を凌《しの》ぐことであると、パンスモン神父にも事を荒立てるつもりはないはずだった。が、その穏やかな表情が一変した。聖職者ともあろう人間の肩を押しながら、信徒のひとりが決定的な言葉を発したからだった。なに、あんたの上役だって。

「それをいうなら、俺《おれ》たちのことじゃねえか。上役というよりは主人なわけだが、いずれにしても、あんたら聖職者は俺たちフランス国民が納める税金で食わしてもらう身分じゃねえか。伺いを立てるんなら、一番に俺たち信徒の意見を聞くべきだろうが」

司祭の顔から笑みが消えたことに気づかず、あるいは気づいても斟酌《しんしゃく》するつもりがなく、他の信徒たちまで加わって、いよいよ全員攻撃が始まった。ええ、ええ、サン・シュルピス教区の信徒代表として、この際は正式に要求いたします。

「パンスモン神父、どうか聖職者民事基本法に宣誓してください」

「…………」

「返事がねえなあ。聞こえたのかい、神父さま」

「もちろん聞こえました。皆さんの要求も承りましたが、いずれにせよ諸々《もろもろ》の事情を吟味して、それから……」

「なに悠長なこといってんです。だから、パンスモン神父、繰り返させてもらいますが、一月三日までに宣誓しなけりゃあ、もう四日の朝には司祭でなくなっちまうんですぜ。禄《ろく》を取り上げられちまって、司祭館からだって叩《たた》き出されちまうんですぜ」

「おおさ、それが俺たちが主人だってえ意味だ。俺たちのいうことを素直に聞けってえ理由だ」

「…………」

「なんだよ、その目は」

「調子に乗るのも、いい加減になさい」

パンスモン神父は大声で、とうとう一喝に及んでいた。ええ、無礼にも程があります。

拙僧を誰と心得ているのです。あなたがた教区の人々を、今日まで神の道に導いてきた司祭ですぞ。冠婚葬祭においては万事を司《つかさど》り、懺悔《ざんげ》を聞いては罪を許し、そうして聖務を励行してきた拙僧に対して、そのような言種《いいぐさ》は許されるものではありますまい。

「おっ、おっ、いうじゃねえか、神父も」

不意の剣幕に気圧《けお》された格好で、信徒たちは少しだけ勢いを後退させた。

さすが界隈の精神的な指導者として、皆に敬われてきた人間だった。信徒たちにしてみれば、平身低頭の態度で接して、まともに目を合わせることさえ憚《はばか》られた相手なのだ。恐ろしげな声で叱《しか》られてしまうのでは、やはり首を竦《すく》めざるをえないのだ。

そうした呼吸は神父の側でも心得ていた。それが今後も通用する、いや、まだまだ通用しなければならないのだとも考えているはずだった。

——しかし、だ。

ロベスピエールは思う。信徒など一睨《ひとにら》みで黙らせてやるという傲慢《ごうまん》も、今日《こんにち》聖職者が槍玉《やりだま》に挙げられている一因なのではないのか。でなくとも、フランスが新しく生まれ変わろうとしている今この時期、これまで通りに接してもらいたいと望むこと自体が甘えであり、常識の度を越えれば反革命的とも責められるべき愚行なのではないか。

――意識の高いパリの人々であれば……。

そうした理《ことわり》に気がつけば、すぐさま反撃開始となる。おお、おお、ちょっと待ってくれや、神父さん。だったら、あんたは許されるのかい。あんたを養ってやっているフランス国民に向かって、そんな無礼きわまりない言種がよ。

「許されませんか」

「許されるっていいてえのか。はん、どういう理屈だい、そいつは」

「拙僧は神に仕えているからです。あなた方がキリスト教徒として神の栄光に浴したいと思うのであれば、その神の道へと導く私ども聖職者に対しても、相応の敬意を払うべきなのです」

「出たぜ、出たぜ、十八番《おはこ》の脅しだ。神さまさえ持ち出せば、なんだって通ると思ってやがるんだ」

「おう、おう。そうなんだ、そうなんだ。神さまを出したついでに、聖職者を敬わないと、全体どんなバチがあたるものか、ひとつ教えてくださいや、神父さま」

「そのような、なにも脅そうなどとは……」

「違うってんなら、きちんと憲法に宣誓してくださいや」

「あなた方こそ、どうして、そういう理屈になるのです」

「だから、フランス国民を馬鹿にするなっていってんだよ。あんた、神さまじゃねえんだろ。俺たちと変わらない人間で、同じように飯も食えば、糞《くそ》だってするんだろ。なのに神さまひとつ持ち出しちまえば、たちまち偉くなるってのかい。俺たちを見下すことができるってのかい」

「見下しているわけでは……」

「だったら、きちんと宣誓しろや」

「ですから、どうして、そういう理屈になるのです」

「その憲法てえのは俺たちのことだからさ」

それはフランス国民の意思なんだよ。逆らえば、フランス国民に逆らったことになるんだ。馬鹿にすれば、フランス国民を馬鹿にしたことになるんだ。そう迫られて、ようやくパンスモン神父も青ざめた。

通用しない、これまでのようには通用しないと、絶句を余儀なくされたところに、信徒代表という初老の男が止《とど》めを刺した。ええ、サン・シュルピス教区の希望として、今ひとたび要求いたします。

「パンスモン神父、宣誓していただけますな」

「そ、それは……、神に仕える身として、あるべき品位を考えて……、いや、憲法をないがしろにするつもりはないのですが……」

勢いばかりは減速させたが、神父は煮え切らない返事に戻るだけだった。物陰のロベスピエールは失笑を禁じえなかった。とうに勝負はついているのに、しぶとい聖職者もいたものだ。いや、なべて聖職者というのは頑迷な石頭なのかもしれない。自らが占めた権威の座を、決して譲りたがらないものなのかもしれない。

――実際、ありがたがる向きもあるから……。

結婚式ひとつとっても、教会で司祭に挙げてもらうしかないんだから。そう続けてから、ロベスピエールは先刻の失笑に、もう一枚の失笑を重ねた。この分だと、パンスモン神父は司祭の職を失いかねない。が、そういう聖職者に仕切られた結婚式は、どうなる。まさか取り消されたりはすまいが、だとしても、ありがたいのか。きちんと神に祝福されたことになるのか。土台が神に祝福されて、どうにかなるというものなのか。

――なんだか滑稽《こっけい》な話だな。

のみか皮肉な話でもあるな。そう呟《つぶや》きながらに踵《きびす》を返したとき、ロベスピエールは自分の身体《からだ》が、もう軽くなっていることに気づいた。

きっと重苦しい自問から解放されたせいだろう。やはり自分は間違っていないのだと、確信が深まるばかりだったからだろう。ああ、今は個人の幸福を追い求める時期ではない。教会だの、聖職者だのをありがたがって、結婚式など挙げるべき時期ではない。

# 10——新しい聖職者

アンリ・グレゴワール師は筋金入りの立憲主義者である。アンベルメニルの主任司祭だが、ナンシー管区で選ばれた聖職代表議員でもあった。

かかる資格でヴェルサイユに参上したときは、グレゴワール師もさぞや驚いたに違いない。開幕された全国三部会は、冒頭の議員資格審査から紛糾したからだ。そのまま身分ごとの審議、部会ごとの投票に持ちこまれるのでは、事実上発言権を奪われたことになるとして、第三身分は公然と異を唱えたのだ。

平民代表の議員たちは、そのまま国民議会を自称した。が、聖職代表第一身分、貴族代表第二身分が、それぞれ部会審議を続けるかぎりにおいては、ただの自称にすぎなかった。かくて試みられたのが特権二身分の一方、第一身分の切り崩しだったわけだが、かかる第三身分の運動に共感を示し、国民議会への合流に尽力した聖職代表議員の旗振り役こそ、このグレゴワール師だった。

タレイランにとっても、その頃からの同僚ということになる。

議席を並べていたときは、どこまで本気なのか、なんらかの計算があるのではないかと、グレゴワール師の真意を疑わないでもなかった。が、それから教会財産が国有化され、聖職者民事基本法が制定されれと事態が進んでも、この司祭は国民主権の立場から支持を表明し続けたのだ。

――となれば、グレゴワール師には憲法こそ神だろうさ。

その姿勢は揺るがないと確信していればこそ、タレイランは持ちかけた。案の定ふたつ返事で引き受けてくれて、グレゴワール師は十二月二十七日、聖職者民事基本法を含むところの憲法に宣誓を捧《ささ》げた、最初の聖職者になった。

「私は誓う。私に委《ゆだ》ねられたる教区の信徒たちが、国民と法と王に忠誠であるよう監督の目を光らせることを。かつまた国民議会に制定され、国王陛下に受諾された憲法を、持てる全ての権限を用いながら堅守することを」

宣誓の文言は役人の入庁式さながらのものだった。向後《こうご》その献身は神でなく、ローマ教皇でなく、フランスの司教たちでさえなく、フランスという人民の国にこそ捧げられる。聖職者たる位がフランスの憲法によって保障されるからだが、それをグレゴワール師は躊躇《ちゆうちよ》なく唱えたのだ。

立憲派司祭という新しい聖職者が誕生した瞬間だった。

グレゴワール師は自らが宣誓を果たしただけではなかった。誰に何を頼まれたわけでなくても、精力的な活動で同僚同輩に宣誓を促しながら、新しい教会の立ち上げに尽力してくれた。

——それでも、なのだ。

あとが思うように続かなかった。タレイランは舌打ちを禁じえなかった。

全てを把握できているわけではなかった。憲法に宣誓を求められる聖職者は、修道士の輩《やから》を除いた数でも、優に五万人は超える。それも広大なフランス王国の津々浦々で進められる作業であれば、そうそう簡単にパリに結果が上がってくるわけもない。とはいえ、悲観せざるをえないだけの材料はあったのだ。

司教に話を限るなら、現任百三十五人のうち宣誓を果たしたのは、タレイラン自身を含めて、わずかに七人だけだった。高位聖職者は普段からパリやヴェルサイユに暮らす例が多かったため、正確なところが把握できたわけだが、同じ理屈で議会に議席を有する聖職議員を取り上げてみても、四十四人のうち宣誓を果たしたのは四人のみと、無残な数字が出てくるばかりだった。いうまでもなく、これまたタレイラン自身を含めた人数である。

司教ら高位聖職者の大半が宣誓を拒否する。司祭ら下級聖職者も、最大で半数近くは宣誓しない。それが現下において弾《はじ》き出さざるをえない見通しだった。

——ボワジュランの奴《やつ》め。

わざわざ探るまでもないところ、全てはエクス大司教以下、高位聖職者の面々が示し合わせた結果だった。

フランス中の教区という教区に檄《げき》を飛ばして、ことによると下級聖職者にまで、宣誓を拒否せよと号令をかけたのかもしれなかった。フランス教会会議が設立されるまでは、聖職者民事基本法など認めるわけにはいかないのだと。オータン司教の卑劣な二枚舌に報いるまでは、抵抗を止《や》めるわけにはいかないのだと。

——それにしても、信じられない。

タレイランが零《こぼ》すというのは、それでも国家の法は法だからだった。聖職者民事基本法は無論のこと、王の批准が得られたからには、すでに宣誓強制までが立派な法律なのだ。

反すれば、応分の罰を受ける。宣誓を拒否した聖職者はその職を失うと、それは事前に公表されていた罰でもあった。ああ、社会的な地位を失うばかりか、住むところを奪われ、食べものさえ買うことならず、これから先は路頭に迷うばかりだ。

——なのに宣誓を拒否するなんて、そんな馬鹿な話があるか。

タレイランは容易に信じられなかった。はん、まさか僧侶《そうりょ》の原点に立ちかえって、托《たく》鉢《はつ》で暮らすというつもりはあるまい。

そう茶化して、できれば終わりにしたかった。が、事実として宣誓を拒否する聖職者はいた。制裁を加えられて、なお考えを変えない頑固者さえいないでなかった。

――例えば、サン・シュルピス教会の主任司祭。

パンスモンとかいう神父が、宣誓拒否を公言するに及んでいた。タレイランが自宅を構えるユニヴェルシテ通りからも近いので、サン・シュルピス教会の騒ぎは自《おの》ずと聞こえてきた。神父の決断に激怒した信徒たちが、司祭館を襲撃したのだ。

棍棒《こんぼう》だの、釘抜《くぎぬ》きだの、それぞれ即席の武器をかざして、国民衛兵隊の装備なのか、銃まで担いだ輩がいたというから、ほとんど暴動の勢いだったらしい。

タレイランが馬車を乗りつけたときには、パンスモン神父は教区の人々に私刑を加えられたあとだった。無残にも雪降る路上に投げ出されていた。半死半生の体《てい》だった。

「どうだ、思い知ったか、この腐れ神父がっ」

そう罵《ののし》られて、なおパンスモン神父は半身を起こしてみせた。今にも消え入りそうな声で返答したことには、それでも拙僧は憲法などには宣誓できないのだと。

「なんだと、きさま」

無駄口を叩《たた》くほど、また袋叩きの目に遭うだけだった。

――馬鹿じゃないのか
そうとしか、タレイランには思われなかった。ああ、馬鹿だ。自分の損得も考えられない輩は馬鹿だ。だって、宣誓を拒否したからと、全体なんの得があるのだ。逆に宣誓したからと、どれほど自分が貶《おとし》められるというのだ。

――はん、そんな大した人間なのかい、もともとが。

冷笑しても虚《むな》しいばかりだと、それはタレイランも承知していた。ああ、サン・シュルピス教会の主任司祭を、どれだけ手ひどく扱《こ》き下ろしても、窮するばかりの事態が打開されるわけではない。

聖職者の間に横行する宣誓拒否の風潮は、当然ながら議会で問題とされた。一月二日、教会委員トレイヤールが演壇に立ち、宣誓強制が求められている聖職議員に向けて、すぐさま義務の履行を求めた。が、それならばと返す刀で議会の側にも譲歩を求めてきたのが、クレルモン司教ボナルだった。

「私は誓う。私に委ねられたる教区の信徒たちが、国民と法と王に忠誠であるよう監督の目を光らせることを。かつまた国民議会に制定され、国王陛下に受諾された憲法を、持てる全ての権限を用いながら堅守することを」

かかる無味乾燥な宣誓文に、「霊的な事柄を別として」という言葉を追加してほしいというのだ。

ほんの数語にすぎないだけに、解釈の幅がある文言だった。玉虫色のまま採択できれば、あるいは妥協が成立したのかもしれない。

ところが議会の実際は、なんにせよ突き詰めなければ気が済まない連中ばかりだった。霊的な事柄については憲法も無力なのかとか、霊的な事柄についてはローマ教皇の命令に従わなければならないのかとか、霊的な事柄については議会と並ぶ機関が設立されうるのかとか、さんざ掻《か》き回しただけで提案を退けてしまった。

議会は翌三日の審議で、宣誓期限は明朝午前一時に満了すると確認した。続く四日、聖職議員はわざわざ議場に足を運んで、あらためて宣誓拒否の意を伝えた。だから、ああ、馬鹿ばかりだ。強硬に押すことしか知らない議会も、まっすぐ反発するだけの聖職者も、どちらも救いようのない馬鹿なのだ。

「いや、それが本当の信仰というものでしょう」

タレイランは思わず眉《まゆ》を顰《ひそ》めた。殴りつけるかの大声は、聖職議員も極右のモーリ師だった。

# 11——キリスト教徒の意思

一月七日になっていた。定刻に議会が開くや、例のごとくの荒法師は机を叩《たた》き、椅子《いす》を蹴《け》り、その日も大騒ぎの弁舌だった。ええ、なにがあろうと負けません。どんな不利益も恐れません。

「自らの生命が危険に曝《さら》されたとしても、信仰を貫けるならばと喜んで死んでいけるのが、真の聖職者というものなのです」

迫力満点の喋《しゃべ》りぶりに、議長もなす術《すべ》がなかった。が、それも演壇に聳《そび》える男となると、そうそう簡単に呑《の》まれてしまう玉ではなかった。ああ、頼むよ、ミラボー、なんとかしてくれ。

「聖職者の第一列ともあろうところに、無為と無知に淀《よど》んだ輩《やから》もいたものですな。なんたることか、己が図々しく居座ることで、賢明な者たち、教会組織のなかで真面目《まじめ》に働こうという者たちに、聖域の扉を閉ざそうというのですからな。宣誓しないことが本当の信仰の証《あかし》ですと。宣誓するような聖職者は不心得者ですと。はん、聖職者たちの今に少しは目を向けられては、どうなのです。少なからずが高まる蜂起《ほうき》、一揆《いっき》の気運に怯《おび》えているのですぞ。民衆の力と折り合う術はないものかと、必死の思いで頭を悩ませていない。自らが報復を受けさえすれば、少なくともキリスト教精神の損失は埋め合わせられる？　はん、とんだ欺瞞《ぎまん》もあったものだ。自分の立場だけ安泰にして、そうでないものを隷属の闇《やみ》に沈めようとしている？　祖国フランスに帰属するのが、そんなに嫌ですか。むしろローマの奴隷に落ちたいというのですか」

演説の中身をいえば、いつもながらに冴《さ》えていた。が、説得的な言葉が投げかけられている間も、議席の右列には、ざわざわ、ざわざわ、私語の波が立ち続けていた。

沈黙は強いられない。なるほど、演説はミラボーらしい迫力に欠くものだった。顔色が悪い。平気を装う直立も、呼吸が浅いことまでは隠せない。なにより白いクラヴァットが桃色に変わり始めて、やはり病は進んでいるようだった。

──よりによって、こんなときに。

タレイランは額に寒さを感じた。この真冬に身体《からだ》が熱い。だから額が寒いというのは、一面に嫌な汗を掻《か》いているからだ。さて、こまった。いや、大失敗してしまった。ボワジュランを怒らせるのじゃなかった。あんな風に短気を起こすんじゃなかった。もう少し我慢できてさえいれば、こんな風には話が拗《こじ》れなかったのだ。

――このままでは聖職者民事基本法が失敗に終わる。

教会改革は無残に頓挫《とんざ》してしまう。万民が知るところ、その首謀者はオータン司教タレイランだ。失敗すれば、容赦なく笑われる。タレイラン・ペリゴールの名前に瑕《きず》がつく。なのに頼みのミラボーが不調というのでは、すでに万事休すである。

議場ではモーリ師が再度の放言に及んでいた。わかりました。わかりました。いちいち反論することだって可能ですが、わかりました。要するに、こういうことなのですな。

「お互い、もう歩みよりの余地はないのだと」

だったら、さあ、引き揚げることにしよう。大きな手ぶりで呼びかけられると、がたがた、ががたがた、椅子が騒いだ。立ち上がる議員が相次いでいた。なべて右列の聖職代表議員だったが、それにしても数が多い。三十人、いや、四十人にも上る人数か。

そうした風景そのものが、タレイランには今さらながら業腹《ごうはら》だった。ミラボーのいう通りだ。こいつら、どうして居座るのだ。議会が定めた立法に正面から反旗を翻しておきながら、それでも議員は議員でございますと席を占め続けるなんて、とんだ鉄面皮な輩もいたものではないか。

――ああ、出て行け、出て行け。

もう、きさまらが居られる場所などない。この議会にはない。このフランスにはない。

憲法に宣誓を拒否したが最後で、聖職者が安住できる場所などない。いや、ないはずだからこそ、タレイランは今度は慌てた。どうして、そうまで不敵な態度を貫ける。引き揚げるといって、きさまら、どこに引き揚げる。

「まて、どこに行く、まて」

そう声に出すと、もう直後にタレイランは議席を飛び出した。とっさの動きで不自由な右足を出したため、すんでに転びそうになった。転ばないまでも、肩を大きく揺らしてしまった。こんな醜態を曝すくらいなら、どうとでもなるがよいと、普段なら余裕の薄笑いで放念できるはずだ。ところが、今度ばかりはなりふり構っていられなかったのだ。だから、まて。きさまら、まて。

「ぜんたい、どこに行こうというのだ」

ふてぶてしい返答は、やはり立ち止まるモーリ師だった。さて、さしあたりは我が家に帰ることになりましょうが、ううむ、いや、こうとなれば、いっそパリの下宿を引き払うほうが、利口なのかもしれませんな。

「ええ、ええ、各々の教区に帰ることにいたしましょう」

「各々の教区だと。そんなもの、どこにある。宣誓を拒否した聖職者は、すぐさま免職されるのだぞ。教区も奪われてしまうのだぞ」

「ほほお、奪われる？　誰に？」

「憲法に宣誓を捧《ささ》げた新しい僧侶《そうりょ》に、だ」

「ははは、五年ばかり僧籍に入っていれば、もう主任司祭の選挙に立候補できるようにすると、さきほどもミラボー伯爵が発議なされていましたな。ははは、たったの五年で主任司祭。ははは、だったら二十歳《はたち》そこそこで」

「それは……」

正確な数字が上がっていない現時点で、すでに混乱が生じた教区が少なくなかった。端的にいってしまえば、司祭に宣誓を拒否された教区では、その日から聖務が滞ってしまう。洗礼式も、結婚式も挙げられず、それは延期できるとしても、葬式まで出せないとなれば、じきにフランスは至るところ死臭に満ちることになる。

聖職者不足が予想された。ならば、聖職者民事基本法の精神に則《のっと》って、選挙で補充すればよいとして、立候補の条件は緩和しなければならなかった。

「ははは、いずれにせよ大慌てで選ばれて、いや、それでも新しい聖職者という方々は、さぞや人望おありなんでしょうなあ」

モーリ師は嫌みで結んだ。ぎりと奥歯を嚙《か》みしめながら、タレイランも引き下がるわけにはいかなかった。きさま、きさま、話をすりかえるな。

「とにかく、宣誓を拒否した聖職者は免職されると、そう法律で定められているのだ」

「法律で。というと、それを定めた議会が奪うわけですか、我々の教区を」

「議会に代表を送るフランス国民が、だ。宣誓を拒否した聖職者は、人民の意思に反していることになる……」

「キリスト教徒の意思に反していなければ、きっと居場所はありましょう」

「……………」

「受け入れてくれますよ、善良なキリスト教徒は。ええ、拙僧どもは教区に帰ることができますよ。そこには聖職者として今なお尊敬してくれる人々が住んでいますから」

モーリ師は自信たっぷりだった。ええ、ええ、仮に革命がフランスの政治を一変させようとも、カトリックの信仰は不変にして不朽なのだと、そう心が揺るがない立派な信徒たちは、このフランスに探すに困るという人々ではありますまい。

こちらのタレイランはといえば、我が耳を疑う思いだった。馬鹿な。法律で定められた処罰だぞ。宣誓を拒否した聖職者を受け入れれば、そうした教区の住民たちまで、違法行為に加担していることになるのだぞ。でなくても、人々が受け入れるわけがない。

「聞いていないのか、サン・シュルピス教会の一件を。パンスモンとかいう主任司祭は、宣誓拒否を公言したがために、反革命の不良神父と叩き出されたのだぞ。教区の信徒たちに路上に引き出されて、あげくが袋叩きにされたんだぞ」

「それはパリの話です」

決めつけて、なおモーリ師の余裕は崩れなかった。ええ、この過激派ばかりの都であれば、宣誓拒否僧は確かに居場所がないでしょう。ただ革命の原理原則というものは、必ずしも善良な人間の、ごく普通の常識と重なり合うものではないわけでして。

「パリの常識がフランス全土で通用するとは思わないことですな」

「しかし、革命はパリのみで進められているのではない」

「でしょうか、はたして」

そうまで大胆に切り返されては、タレイランも言葉に詰まらざるをえなかった。

なるほど、パリは特別な場所であると、認めざるをえない部分はあった。開明派貴族だとか、有識者のブルジョワだとか、そうした余裕ある階層に留《とど》まらず、生活が苦しい庶民から食うや食わずの失業者にいたるまで、なべて政治意識が高い。何十という新聞が発行されて、それを読み、あるいは読んでもらうことで、皆が不断に怒りを燃え立たせているようなところもある。が、それはパリだけの風景であり、地方までが全く同じとはいかないのだ。

地方も革命の展開に無関心というわけではなかった。議員は選挙区に絶えず私信を送りつけているし、ジャコバン・クラブなども地方支部を組織して、革命思想の伝播《でんぱ》に努めている。が、そんなものは高が知れているのだ。パリに充満している革命の熱狂的な空気までは、容易なことでは地方に映しこまれやしないのだ。

むしろ大半の人々にとって、革命はパリの騒ぎにすぎなかった。払い下げられた農地を我がものにできたという富裕農民なら、熱心な支持を寄せもするのだろうが、去年まで修道院が持っていた葡萄園《ぶどうえん》が、どうして見知らぬ金持ちの手に渡っているのだろうと首を傾《かし》げる向きとなると、かえって反感を覚えているのかもしれない。すこぶる評判よかった村の神父さまが、ある日いきなり首にされて、教会を叩き出されるというような事態となると、なるほど同情されて当然なのかもしれない。

# 12——恥ずべき

タレイランは言葉をなくした。しばし愕然《がくぜん》とするしかなかった。というのも、こいつらは馬鹿ではなかった。きちんと損得が計られていた。これは信徒感情まで計算しながら、宣誓拒否で法律上は免職されても、実際に教区から放逐されるとはかぎらないと、そう踏んでの暴挙なのだ。

いや、暴挙も数を揃《そろ》えて、ひとつの運動と認知されてしまえば、もはや立派な政治的主張である。それとして決着つかないかぎり、なるほど、聖職者が路頭に迷う心配などないだろう。

しかし、そのときはフランスに二様の聖職者が混在することになる。宣誓聖職者と宣誓拒否聖職者の二様である。その区別は立憲派として革命を受け入れた新しい僧侶《そうりょ》に対する、憲法を否定して革命を拒絶した古い僧侶の区別にまで発展する。アンシャン・レジーム回帰を志向する、反革命の種を全土に播《ま》くことにもなりかねない。いや、いや、そんな先まで見越さなくても、すでにして由々しき事態ではないか。

——フランスの教会は一枚岩でなくなる。

閃《ひらめ》きに弾かれて、タレイランは目を凝らした。議場を去り行こうとする僧服の列に探したのは、エクス・アン・プロヴァンス大司教ボワジュランの背中だった。

「シスマになりますよ」

と、タレイランは叫んだ。そうすることで、ようやくボワジュランをみつけられた。言葉に反応して、刹那《せつな》に振りかえったからだ。やはり、そうだ。責任ある聖界の指導者として、シスマだけは避けたいというのは、今も切なる願いであり続けているのだ。

「ええ、ええ、シスマになります。聖職者が宣誓する者と宣誓しない者に分かれてしまうのでは、たちまちにして教会は分裂します。それで、よいのか、あなた方は」

タレイランは言葉を重ねた。あちらでは取り巻きの司教たちが、ぼそぼそ言葉を交わしていた。なにより、立ち止まるボワジュランの表情に、ありあり苦悩の色がみえた。ああ、簡単には放棄できないはずだ。シスマだけは避けたいと、聖職者として感じる責任あるからこそ、これまでだって大抵のことは我慢してこられたのだ。

——今度だって……。

いや、とタレイランは否定に傾かざるをえなかった。もはや多くを期待できないことを無理にも悟らされていた。

ボワジュランの目には同時に怒りも覗《のぞ》いていた。まだ許していない。この私を許していない。容易に解ける怒りではないからこそ、持ち前の責任感も思うように働き出さない。

「しましょう、シスマに」

モーリ師が続けていた。過激派の配慮に欠けた発言には、ボワジュランも一瞬ハッとした顔になった。が、それだけだった。問題児を窘《たしな》めることさえなく、再び歩を進めては、議場を後にするだけだった。

それをよいことに、いよいよモーリ師は暴走である。ええ、この際です。宣誓派と宣誓拒否派で、ひとつシスマを起こしてみましょうよ。どちらが正しいのか、神の御裁断を仰ぐことにいたしましょうよ。いや、そんな大袈裟《おおげさ》な話にするまでもないか。

「仰ぐのはキリスト教徒、いや、あなたたちの好きな言葉でフランス国民といってもよろしいが、とにかく各々の教区に暮らしている人々の判断で十分でしょう。ええ、選ばせればよいのです。古い僧侶と新しい僧侶、どちらが聖職者として望ましいのか」

「…………」

「貴僧も急ぎオータンに向かわれては、いかがですかな」

「なんだと」

「一応は司教なわけでしょう。しかも憲法に宣誓した、なんですか、立憲派司教ですか、とにかく立派な猊下《げいか》であられるわけですから、どうかオータンに戻られてみてください」

モーリ師は最後は皮肉屋の笑みだった。ええ、はっきりするのじゃないですか。袋叩《ふくろだた》きにされるのは、一体どちらのほうなのか。

いうまでもないことながら、かねてタレイランは一族の人脈で司教の位を掠《かす》めた不良神父、フランス聖界の汚点、教区の恥ずべき顔と呼ばれ、オータンでの評判は非常に優れないものがある。

「ふざけるな」

ばっと動いて、タレイランは手を伸ばした。モーリ師の襟首をつかもうとしたのだが、また悪い右足が思い通りに前に出てくれなくて、あえなく大転《おおまろ》びになってしまった。

人々の足元の暗がりに沈みながら、タレイランは頭上に笑い声が響くのを感じた。次から次と降り落ちてくるようで、その声は重くも感じられるものだった。が、だからこそ、負けるものかと歯を食いしばり、両の腕を床に突き立てたのだ。

――笑わせるものか。

この私のことは誰にも笑わせるものか。シャルル・モーリス・ドゥ・タレイラン・ペリゴールという、選ばれて生まれた人間のことは、誰にも見下させるものか。あくまで不敬を働こうというならば、今に目にものみせてやると、腕に、それから足にと力をこめたのだが、なおタレイランは簡単には立ち上がることができなかった。

悔しくて、悔しくて、タレイランは涙が出そうになった。この不自由な足のせいで、私は家督を追われてしまった。軍隊入りも許されず、不本意な聖職に進まされた。すでに十二分な侮辱であり、ならば教会ごと壊してやると、報復に乗り出したところが、またぞろ足のせいで、僧服の豚どもさえ懲らしめられないというのだ。

――こいつめ。

――だから、なんとかしてくれ。

ミラボー、おまえが、なんとかしてくれ。そう心に叫んでも、相棒は遠い演壇から降りてきてはくれなかった。恐らくは咳《せ》きこんでいるのだろう。でなければ、立っているのが精いっぱいで、階段を降りることさえ辛《つら》いのだろう。くそっ、こんなときにミラボー、おまえまでが、どうして身体《からだ》を悪くするのだ。

「だから、シスマにいたしましょう」

きんと甲高い声が響いた。タレイランは飛びこんできた新たな影を感じとった。まだ床に転んでいるので、頭上は頭上で間違いない。が、近く息遣いまで感じさせるそれは、あまり大きくはない影だった。

タレイランは頭を巡らせた。一番に目に飛びこんだのは、几帳面《きちょうめん》な蝶型《ちょうがた》に結ばれた純白のクラヴァットだった。

――おまえ、確かロベスピエールと……。

やはり過激派で知られた、こちらは左派の議員である。なるほど、いうことにはモーリ師に劣らず遠慮がない。ええ、シスマにいたしましょう。宣誓派と宣誓拒否派で、ひとつ勝負してみましょう。そうすれば、モーリ師が仰《おっしゃ》るように、どちらが正しいのか、はっきりします。

「もちろん宣誓派が勝つと、この私は自信があります。いいきれるだけの根拠もあります。それは私の原点でもあるからです」

これぞ辻説法《つじせっぽう》という感じで、ロベスピエールは先を続けた。ええ、あれは私がアラスの街で弁護士として働き始めたばかりのころです。ある若者が聖職者に窃盗罪で告発されました。そのまま容疑者とされて、私が弁護することになりました。そうして詳細を調べるうちに判明したのです。

「なんと、その神父は若者の妹を誘惑しようとしていたのです。乱暴さえ働こうとしたところを止められて、それで若者に報復しようとしたのです」

これは断じて許すことができません。興奮したのか、あるいは冷静な計算で自分を大きくみせたいのか、もはやロベスピエールは爪先立《つまさきだ》ちになっていた。ええ、ええ、それだから窃盗の罪をでっちあげるだなんて、こんな不実がありますか。聖職者の声望あれば、そのまま罷《まか》り通るだなんて、こんな不正がありますか。不条理を覚えた私は、そのとき痛切な確信を得たのです。こんなフランスでは誰も幸福にはなれないと。変えられるものならば、生命を賭《と》しても構わないと。

「私が議員として立ったのも、それゆえの話です」

にしても、なんて陳腐な話だろうと、タレイランは小さく零《こぼ》した。

今さらながら、猛烈に恥ずかしくもなってきた。不自由な足を忘れて、組みつこうとした顚末《てんまつ》ではない。あげくに転んだことさえ、なんでもない。ただ、ロベスピエールだけは勘弁してほしい。こんな頭でっかちとだけは、断じて一緒にされたくない。いっそうの輪をかけて、げらげら笑われてしまうのでは、いよいよ私にとっては間尺に合わない話になる。

そう心に続けながら、それでもタレイランは口元を小さな笑みの形にしていた。ああ、それでもロベスピエール君、これからは場合によっては、君を使ってやってもいいぞ。アラスから来た小男を見直すことにはなった。まがりなりにも味方してくれたからと、こちらまで陳腐な理由に駆られたわけではなかった。きゃんきゃん騒がしいだけの小物にすぎぬと、これまで通りに無視を続けるわけにはいかないと教えたのは、タレイランだけが持ちえる第六感、あの特別な嗅覚《きゆうかく》の働きだった。

# 13――聖別

すらりと長い指を動かし、弄《もてあそ》んでいたのは小さな拳銃《けんじゅう》だった。胡桃《くるみ》材を削り出した握り手に、金色に輝く真鍮《しんちゅう》の筒が嵌《は》められて、ふたつ左右に並んでいるからには、二連発ということだろう。

それにしても小さい。世に「ポッシュ拳銃」とか、あるいは英語で「ポケット拳銃」とか呼ばれるがごとく、まさに掌《てのひら》に収まる大きさだ。発火装置《フリントロック》がひっかかるとはいえ、それにさえ注意すれば懐に忍ばせて、どこへなりとも持ち運べるのだ。

――ほとんど玩具《おもちゃ》だな。

と、タレイランは思う。全体に施された螺鈿《らでん》細工などみれば、あるいは工芸品というべきなのかもしれなかった。が、そう嘆息してしまえば、一緒に疑わざるをえないことには、これで役にたつのかと。本当に、人を殺せてしまうのかと。

――だいいち、当たるのか。

銃身が長ければ長いほど的に命中させやすいと、そう聞いたことがある。とすると、この拳銃は絶望的だな。こんな人差し指より短い銃身じゃあ、狙《ねら》いをつけるもつけないもないからな。そう心に続けるほど、タレイランは自身を冷やかす薄笑いを止められなくなるのだった。

銃身に詰められている紙巻きの薬包からして、大きさは小指に満たないほどである。弾丸も小さければ、火薬も少ないということだ。まぐれで命中したとしても、大した殺傷力はないのだ。相手が外套《がいとう》でも着ていれば、その布地のだぶつきに絡められて、もう擦《かす》り傷さえ負わせられまい。そう馬鹿にする気分が止まらなくなるほどに、ますます笑いたくなってしまうのだ。

――他でもない、私自身のことさ。

こんなものを持参して、全体なにをするつもりでいたのだろう。護身の用くらいは足せると思ったのか。あるいは単に脅せればよいと、はったりになればよいと、そういう考えだったのか。はたまた気が動転していたと、それが、不本意ながらもやはりと認めざるをえない、順当な真相なのか。

「くっ、くく」

くひひ、ひひ。頰《ほお》の歪《ゆが》みを大きくしながら、タレイランは酔漢よろしき笑い声まで刻み始めた。ああ、確かに気が動転していた。なにせ便箋《びんせん》数枚に殴り書きした遺書を、フラオー伯爵夫人の手に託して、それから出てきたほどなのだ。

フラオー夫人は長年の愛人である。政治的な野心で儲《もう》けた新しい愛人、スタール夫人のほうには、なにも預けてきていない。なるほど、遺書を託すという振る舞いには、ひとつの計算もなかった証拠だ。もう先などないと決めつけて、自らの悲劇に酔うくらいの勢いだったのだ。それも刹那《せつな》の心境は自暴自棄というより、むしろ自殺を決意したそれに近かったのかもしれない。

――してみると、こんな拳銃だって……。

自分を殺すことくらいはできるか。思いつきは、とうに自嘲《じちょう》に傾いていた気分を、いっそう軽くするものだった。なるほど、自殺か。そういう使い道があったか。自分に向けるなら、的が外れる心配もないしな。至近距離というほどの距離もなければ、火薬の爆発力も多くが必要なわけじゃない。小さな鉛玉ひとつで、殺傷力は十分だ。考えれば考えるほど、その「ポッシュ拳銃」は最初から自殺を助けるためだけに誂《あつら》えられた、専用の道具のような気がしてくる。

――なにより、嵩張《かさば》らないのがいい。

タレイランは感心する気分でさえあった。ああ、銃身やら銃底やらがひっかかって、ひっくりかえすにも難儀するようでは困るのだ。掌に収まるくらいの大きさなら、こうして簡単に前後を逆さまにすることができる。銃口を咥《くわ》えるようなかたちで喉奥《のどおく》にあてがえば、あとは引鉄《ひきがね》を引くだけで、ズドンと弾が脳天まで突きぬけて……。

「ああ、猊下《げいか》、おやめください」

今にも裏返りそうな声だった。鬼気迫る形相で駆け寄るのは、バビロヌ司教デュ・ブールだった。ええ、おやめください、オータン猊下。自ら御命《おいのち》を絶たれたからとて、なんの解決にもなりますまい。

こちらの銃を取り上げながら、バビロヌ司教は目に涙を溜《た》めていた。その真剣な表情のほうが、タレイランには驚きだった。なにを大慌てになっているのだ。誰が自分の命を絶とうとしているのだ。ああ、もしや私のことを心配してくれたのか。

――にしても、この私が自殺だって。

今度のタレイランは、すんでに噴き出しそうになった。なんとなれば、こんなにおかしい話もない。この私が自殺だなんて、ありえない。それどころか、この私ほど自殺から遠い人間も、珍しいくらいではないか。

誤解されるだけの事情はあった。自殺を考えないまでも、遺書を書くほど思いつめていたことは事実なのだ。あまつさえ、あなたは覚悟を決めたのかとバビロヌ司教のもとに乗りこむや、おもむろに拳銃の先を咥えたというのだ。

相手が本気に取るのも無理はない。勘違いこそ自然であれば、ああ、そうか、これを利用しない手はない。

笑いを堪《こら》えられたことを幸いとして、そのままタレイランは暗い顔の演技を始めた。

いや、いや、バビロヌ猊下のほうこそ、どうかお止めにならないでほしい。この場で自殺を思い留《とど》めたところで、私が死ななければならないという残念な結末には、なんの変わりもないわけですから。

「次は余人に殺されるだけなのですから」

「……………」

「もしやったら殺してやると、そういうような脅迫文は、バビロヌ猊下のところにも届いているのじゃありませんか」

バビロヌ司教は頭を抱えた。くうう、くうう。ふたつ続いた嗚咽《おえつ》を無理にも堪えると、またもや必死の形相に、今度は両手を広げる身ぶりまで加えて訴えた。だから、なのです、オータン猊下。だから、先ほどから申し上げているのです。

「今日のところは、大人しく家におりましょうと。なるだけ外出を控えましょうと。ええ、ええ、殺人鬼が機会を窺《うかが》っているような場所に、あえて出かけていくことはないのです」

「つまりは、国家に与えられた使命など顧みるなと」

「そうは申しませんが……」

「使命は使命なのです。誰かが果たさなければならないのです」

そう押しつけるタレイランとて、現状の厳しさは認めないではなかった。

——シスマは、やはり起きた。

一七九一年も、暦は二月二十四日まで進んでいた。予想された最悪の事態が現実のものとなるには、もう十二分な時間が与えられた格好である。

聖職者民事基本法を認めず、憲法に宣誓を拒否した僧侶《そうりょ》は、やはり少なくなかった。

パリを含むところのイール・ドゥ・フランスを中心に、ピカルディ、ベリー、ブールゴーニュ、プロヴァンス、ガスコーニュ等々の地域では、かろうじて宣誓派が多数を占めたが、アルザス、ロレーヌ、ブルターニュ、ポワトゥー、アンジュー、メーヌ、ルエルグ等々の地域では、反対に宣誓拒否派が主流をなしたほどだった。

ならば失職してもらうまでだと、聖職禄《ろく》を取り上げても、少なからぬ宣誓拒否僧が事実上の聖職者として、各々の教区に留まり続けた。急に神父にいなくなられては困る。日々の聖務にさしさわりが出るのでは、教区の生活がなりたたない。信徒には宣誓拒否僧でも受け入れざるをえない、切実な事情があるからだ。

それに乗じて幅を利かせ続ける連中を苦々しく思いながら、議会としては新しい聖職者の選出作業を急ぐしかなかった。後任を送りこんで、かわりに聖務を執らせるならば、今度こそ宣誓拒否僧の居場所はなくなるはずだと、そう読んでの話だった。

——ところが、なのだ。

二月二日に九人の立憲司教が選ばれた。司祭も続々と選ばれる見通しだが、そうして教区に送り出しても、立憲派聖職者は偽物だとして嫌い続ける教区が大半だった。

「神ならぬ憲法に宣誓した神父に用はない。教会では神を拝み、神の話を聞きたいのであって、法律の話を聞きたいときは裁判所に行く」

それが人々の口上だった。

宣誓派が受け入れられない。いや、受け入れられても、なお宣誓拒否派が居続ける。ひとつところに、ふたつ教会があるという地域まで、珍しいものではなくなった。

これがシスマの事態を、いっそう複雑なものにしていた。この聖堂で聖餐式《せいさんしき》を挙げるのは自分だ、いや、おまえにそんな資格はないと、同じ位を名乗る二人の聖職者が喧嘩《けんか》を始める。亭主が宣誓派の教会に通えば、女房は宣誓拒否派の集まりに参加する。御上《おかみ》に睨《にら》まれたらどうするのだと亭主が怒鳴れば、あんたは体面ばっかりで信心がないと女房が返し、こちらでも喧嘩が始まる。

いや、家庭のどたばた喜劇では終わらない。それを国家の内乱の危機にまで高めてしまうから、宗教というものは侮れないのだ。

——やはり、シスマは恐ろしいものなのだ。

当然ながら、かかる事態を議会は放任しなかった。立憲派聖職者は偽物なのだと、そんなふうに決めつける風潮は打破しなければならない。全ての信徒が納得できる手続きを踏んだうえで、教区に送りこんでやるまでだ。そうした判断に促されて、教会改革を進める信仰の闘士たちには、過酷な使命が与えられることになったのである。

「ええ、あの者たちは我々が聖別するしかないのです」

と、タレイランは続けた。「あの者たち」とは、具体的には先般の選挙で選ばれた新しい司教、エクスピイイとマロールの二人のことだったが、それも理屈としては人民に選ばれた全ての立憲派聖職者が対象になる。

憲法に宣誓するだけでは足りない、いかにもありがたそうな手続きを踏んで、神秘の綺羅《きら》をつけてほしいというなら、こちらで聖別したうえで送り出してやろうじゃないかと、それが議会の決定だった。

――なんたる茶番か。

最初に聞かされたとき、タレイランは呆《あき》れて声も出なかった。なんたる、御都合主義か。なんたる、小手先仕事か。とはいえ、馬鹿めと鼻で笑う相手は、なにも議員ばかりではなかった。ああ、それでよいと決めつけられるほうも、劣らない馬鹿なのだ。

タレイランは身につまされて知っていた。あながち聖別も軽視できたものではない。こと宗教感情にあっては、聖別だの、叙品《じよひん》だの、秘蹟《ひせき》だのを通じて、神性だの、聖性だの、神秘性だのを帯びるという、そんなまやかしのような手続きが意外に重要なようなのだ。

それは恐らくは自身も神など信じていない高位聖職者の輩《やから》からして、こだわりを捨てきれないくらいの手続きだった。無知蒙昧《むちもうまい》な平の信徒どもに向けるなら、あるいは効果大かもしれないと、そうタレイランは直後には思い返したのだ。ああ、駄目で元々なんだし、ひとつ試してみることにするか。ああ、あいつらには真面目《まじめ》にやってやることなんかないんだし。

「しかし、それが侮辱的なくらいに軽々しい態度だとして、宣誓拒否派の神経を逆撫《さかな》ですることになっているのです」

そう返して、バビロヌ司教も下がらなかった。ええ、立憲派が強い土地ですから、パリなんかにいては容易に実感されないわけですが、これが地方に足を運んでみると、雰囲気が一変してしまうといいます。立憲派の司教が聖別されると、そんな噂《うわさ》が流れただけで、もう激怒の体《てい》だというのです。

タレイランは平然として答えた。それくらい、言われなくても承知しております。

「だから、聖別などしたら、おまえを殺してやると、私のところにも脅迫の手紙は来ているのです。宗教のこと、神のことですから、狂信的な輩というのはおります。脅しや冗談では済まないだろうなと、それは私も真面目に受け止めています。ええ、みせしめにするという意味でも、地方から密《ひそ》かにパリに上京して、虎視眈々《こしたんたん》と暗殺の機会を窺う手合いはあるだろうなと」

「それでも、やめるわけにはいかないのです、バビロヌ猊下。だって、この使命を果たさなければ、我々は今度は議会に殺されてしまうかも……」

タレイランはハッとしたような顔で口を噤《つぐ》んだ。もちろん演技にすぎなかったし、わざとらしすぎたかなと後悔もしないでなかった。が、それでもバビロヌ司教のほうは騙《だま》されたようだった。作られた緊迫感に呑《の》まれて、すぐには返事ができなかった。

「でしたら……」

議会に殺されてしまうというのは、さすがに言いすぎである。が、また向こうも断固として引かない構えだと、それだけは明白な事実だった。

一昨日二月二十二日の議会では、司教の聖別はフランス人の司教であれば、誰の手によるものでも有効なのだと、ごり押しに等しい議決も出されていた。立憲派の新しい聖職者を是が非でも教区に送り出すという決定には、ひとつの妥協も、ひとつの変更もありえず、あくまで強行あるのみなのだ。

# 14——報復の誓い

バビロヌ司教には、もはや絶望の嘆きしか残されていなかった。それにしたって、どうして拙僧なのですか。

「拙僧など新米で、しかも名目上の司教にすぎないというのに」

「ははは、それをいうなら、私なんか司教座を持たない司教です。ええ、すでにオータン司教ではないのです」

事実として、タレイランは司教の職を辞していた。そうフランス王とオータン郡役所に伝えただけで、ローマ教皇庁には手紙ひとつ出していないが、とにかく、もう一月二十日には決断していた。

土台が聖職は不本意なものだった。それでも金は欲しいからと、聖職禄《ろく》を求めてきた。総額一万八千リーヴルの年収は確保したいと、オータン司教という高位の禄まで占めてきたが、それが今や必要でなくなったのだ。

昨年来の行政改革で、人事の一新が進められていた。かかる動きに恵まれて、こたびタレイランは評議員として、セーヌ県庁に迎えられることになった。その年収というのが、提示された額を信じるならば、ほぼ一万八千リーヴルだったのだ。

――もうオータン司教でなどいるものか。

尋常な僧侶《そうりょ》にすれば、異常としかいいようのない決断だった。なにせ垂涎《すいぜん》の的である由緒ある司教の位を捨てて、タレイランは振りかえることもしなかったのだ。セーヌ県庁の評議員を断ることはないとしても、そのまま司教として兼職するというのが、むしろ普通の感覚なのだ。

――けれど、そいつはアンシャン・レジーム的じゃないかね。

うそぶいて、タレイランは後悔もなかった。非常識なくらいに大胆な決断をして、かえって自尊心を高揚させただけだった。

そうすることで、嫌で嫌でたまらなかった身分に別れを告げられたのみならず、最後に強烈に馬鹿にして、足蹴《あしげ》にできた気もしていた。ああ、オータン司教であってもなくても、この私が私であることに変わりはない。はん、そんなもの、タレイラン・ペリゴールの名前に比べて、なにほどの価値があるでもない。

「それでも司教は司教なのです」

と、さすがのタレイランも同僚司教を前にした演技では、そう続けざるをえなかった。

ええ、バビロヌ猊下《げいか》も神の永遠という言葉をご存知でしょう。いくらオータン司教座を辞しても、かつて一度は叙品《じょひん》を授けられた身なわけですからね。神聖なる秘蹟《ひせき》の効果は、永遠に続くものなわけですからね。

「まったく、笑ってしまいますよ」

皮肉なのか、本音なのか、少なくとも相手には不可解な薄笑いで、タレイランは立ち上がった。もはや魂を抜かれたように、茫然《ぼうぜん》としているばかりのバビロヌ司教の手から取り戻したのは、先刻に奪われた拳銃だった。といって、相手に突きつけるでも、自分に向けなおすでもなく、ただ懐深くしまいなおしただけだ。

「さあ、行きましょう、バビロヌ猊下」

そこだけは司教らしいというか、バビロヌ司教デュ・ブールは高位聖職者の例に洩《も》れぬ肥満体だった。大きく膨れた丸い肩を、ぽんぽん叩《たた》いて同道を促すと、いよいよタレイランは不自由な右足を前に出した。ええ、とにかく行きましょう。なんの因果か選ばれたからには、使命を果たすより仕方がありません。

「もうひとり選ばれたリーダ猊下のところにも、寄らなければならないわけですし」

タレイランは拳銃で自殺する演技を繰り返すことで、同じように怯《おび》えていた今ひとりの同僚まで引きずり出した。予定通りに三人で向かう先は、サン・トノレ通りに鎮座しているオラトリオ派の聖堂だった。

パリ市内の話で、ほんの目と鼻の先だったが、それでも移動は馬車だった。タレイランは足が悪いと、そればかりではなかった。青ざめた同僚二人が車室に席を並べた馬車は、外側では前後左右を国民衛兵隊に守られていた。

これから聖務を行うとは思えない物々しさだった。あらためて、タレイランは思わないでいられなかった。バビロヌ司教、リーダ司教の嫌がる気持ちは、私とて理解できないわけではないよと。この難儀な話については、サンス大司教、オルレアン司教、ヴィヴィエ司教というような、かねて高位聖職者の位を占めていながら、きちんと憲法に宣誓を捧《ささ》げている、ある意味では勇気ある面々とて、引き受けるのに二の足を踏んだのだからと。連中が逃げたからこそ、バビロヌ司教、リーダ司教というような新米に御鉢が回る格好になっているのだからと。

――ましてや、この私だよ。

やはり憲法に宣誓した司教であり、一連の教会改革の実質的な首謀者でもあれば、駆り出されるのは当然という見方もある。が、タレイランは元来が筋道論など興味がなかった。立場だの、義理だの、責任だの、そんな言葉は無視しようと思えば、いくらでも無視できる。

他にも辞退した者がいる。オータン司教の位を辞した身でもある。またぞろ厄介事に巻きこまれたくないと思えば、それを断るための理由にも事欠かなかった。

——それでも私は引き受けた。

タレイランは聖別を授けるという、どれだけ効果があるのか知れない割に、怒りを買うことだけは確実という、この損なばかりの使命を引き受けた。押しつけられて断れなかったというより、自ら率先して引き受けたといってもよい。

——やりたかったからだ。

というより、逃げたくなかった。きさまのような不良司教が、罰あたりにも聖別まで試みようとするならば、殺してやる。フランスの教会にシスマの災いをもたらした張本人として、今こそ天誅《てんちゅう》を加えてやる。そんな風に脅迫されれば、一面では死の覚悟を決めざるをえない。が、いくら恐怖に曝《さら》されたからと、無様に逃げることだけは嫌だったのだ。

——やれるものなら、やってみろ。

タレイランは凄《すご》み返したい気分だった。ああ、殺せるものなら、殺してみろ。おまえらのごとき下郎が、このシャルル・モーリス・ドゥ・タレイラン・ペリゴールの命を本当に取れるものか、ひとつ試してみるがいい。

タレイランは信じていた。自分ほどの人間が簡単に死んでしまうわけがないと。下らない輩《やから》に襲われ、つまらない死に方をするわけがないと。

もちろん、根拠のある話ではない。ただ単純に信じている、自分自身の価値に強烈な自負があると、それだけの話でしかない。不死身と己の体力に自惚《うぬぼ》れるわけでもなく、それどころか拳骨で襲われても、まともに応戦できないくらいに身体《からだ》は不自由なのだと、かたときも劣等感を忘れることはない。ああ、あるいは殺されてしまうかもしれない。襲われては抗《あらが》う手もなく、あっさり無念の最期を迎えざるをえないかもしれない。

――だから、これは私にとっても博打《ばくち》なのだ。

このシャルル・モーリス・ドゥ・タレイラン・ペリゴールという人間に、どれほどの意味があるのか。それを知りたいという気をタレイランは起こしていた。ああ、自分が信じるほどの価値はないと出るならば、いっそ殺されてしまうが利口だろう。他人に頭を押さえつけられ、無様に生き続けるなど御免こうむるからだ。それなら死んだほうがマシなのだ。一緒に聖職者民事基本法も水の泡と消えるがよい。一連の教会改革も元の木阿弥《もくあみ》となるがよい。もとより全面戦争なのだ。もはや妥協の余地などありえないシスマなのだ。勝ち残るか、負けて滅びるか、ふたつにひとつの形勢なのだ。

――けれど、この私が勝ち残り、生き延びられた暁には……。

いいか、きさまら、覚えていろよ。この私を脅したことを、必ず後悔させてやる。いや、それに先がけて、この私に逆らい、この私を困らせ、あまつさえ、この私を笑いものにしたことを、とことん後悔させてやる。そう唱えるタレイランの報復の誓いには、いうまでもなく誰も例外にはなりえなかった。

——もしいるならば、天上の神よ、おまえもだ。

林立する無数の銃剣を車窓から一瞥《いちべつ》すると、タレイランは馬車を降りた。サン・トノレ通りのほうでも、国民衛兵隊の別部隊が待機して、オラトリオ派の聖堂には厳重な警戒が敷かれていた。が、ここは雑多な建物が不規則に軒を連ねる、大都会パリなのだ。隠れる場所など無数にある。見つからずに狙撃《そげき》の銃を構えることだってできる。聖堂に歩を進める間にも、タレイランは上下左右と睥睨《へいげい》した。さあ、来い。

——さあ、遠慮することなく、この私に殺意を向けるがよい。

オラトリオ派の教会に進むや、タレイランは裏手の司祭館で着替えにかかった。長白衣《アルバ》に、胴衣《カズラ》に、幄衣《ダルマチカ》に、襟垂帯《ストラ》に、白い布地に所狭しと金糸がくねるような装束で身を固めると、手に司教杖《しきょうじょう》を、頭に司教冠まで載せながら、儀式には完璧《かんぺき》といえるくらいの祭服で臨まなければならなかった。

「ところで、聖別という奴《やつ》は、どうやればよいのでしょうね」

堂内の暗がりに包まれるや、タレイランは周囲に問うた。

答えるものはなかった。ぎこちない沈黙に捕われたまま、燭台《しょくだい》の炎の灯《あか》りに浮かび上がるかぎりでいえば、皆が神妙な顔つきだった。エクスピイイ、マロールと、聖別される新任司教の側が目を泳がせたのみならず、バビロヌ司教、リーダ司教という、ともに執式するべき同僚司教まで言葉を返す様子がないのだ。

あるいは質問の意味が取れなかったのか。そう思いながら、タレイランは繰り返した。

だから、聖別のやり方ですよ。作法とか、順番とか、揃《そろ》えるべき聖具とか。

「誰も知らないのですか、聖別のやり方を」

「聖油は用いると思うのですが……」

リーダ司教が小声で答えた。タレイランは憤然とした。ああ、聖油ですか。叔父《おじ》大司教のところにあるような奴ですね。まさかランスから本物を取り寄せたわけではないでしょうが、ああ、あるじゃないですか、それらしい油壺が。

「いかにもという雰囲気を湛《たた》えて、うん、上出来といえるでしょうね。で、この聖油を使って、どうしろというわけですか」

「それはオータン猊下が……」

「私が知るわけがないでしょう」

「…………」

「なんですか。みんな、人まかせなんですか」

「…………」

「まあ、よろしい。それじゃあ、適当にやってしまいましょう」

祭壇には一通りのものが揃えてあった。これを使って、なんとなく聖別らしき儀式をやればよかろう。土台がまやかしにすぎないのだから、段取りに多少の手違いがあったとしても、なにがどう変わるという話にはならない。ただ立派な司教が手ずから聖別を施したという、その事実があるだけでよい。

「少し冷たいかもしれませんが、それ、行きますよ」

言いながら、タレイランは壺の油を、二人の新任司教にふりかけた。ぱっ、ぱっ、ぱっと雫《しずく》を散らす軽々しい手つきからして、我ながら、やっつけ仕事の感は否めない。

許せない。神事を冒瀆《ぼうとく》するかの、その不真面目《ふまじめ》な態度こそが、立憲派ということの意味ならば、やはり許すことができない。そうやって、この堂内に宣誓拒否派の刺客でも潜んでいたなら、ほとんど怒髪天を衝《つ》くかの体《てい》で激怒するに違いないと、最中タレイラン自身も思わないではなかった。

国民衛兵隊に厳重に守られた場所であれば、実際に目撃される心配はないとして、それでも不注意な輩の無頓着《むとんちゃく》なお喋《しゃべ》りから、様子が外部に洩れ聞こえる恐れはある。心配したか、バビロヌ司教が小声で窘《たしな》めてきた。ええ、オータン猊下、オータン猊下。

「悪意の挑発と、変に曲解されては詰まりませんぞ」

「いえ、バビロヌ猊下、それは曲解ではありませんから」

「…………」

「好んで挑発しているのです、私は」

「そんな……」

なにかいいかけて、バビロヌ司教は腰を抜かした。一緒にへたりこむのでないが、タレイランにしても刹那は心臓を握られて、それを上下させられた思いだった。

銃声のような音が聞こえていた。やはり、刺客か。やはり、暗殺をしかけてきたか。とっさの言葉を皆が胸中に走らせれば、堂内は凍りつかざるをえなかった。が、それも数秒の静寂が続いてみると、なんだか様子が違うと思うことができた。

事実として、銃弾は飛んでこなかった。目を血走らせた輩が、刃物もろとも突進してきたわけでもない。あくまで聖堂の内は静かなのだが、かわりといおうか、もっと大きな、ほとんど山鳴りを思わせる物音に、サン・トノレ通りの界隈《かいわい》全体が、すっぽり包みこまれていた。

「テュイルリ宮のほうです」

国民衛兵のひとりが報告を寄せた。ええ、パリの人々が詰め寄せて、通りひとつ向こうは、もう進退することさえ容易ならない混み方です。

そう詳《つまび》らかに告げられるまでもなく、扉が開かれた時点で外の騒ぎが、はっきり耳に聞こえてきた。王族の勝手を許すな。王族は聖職者民事基本法を馬鹿にしているのか。フランスの民を捨てて、ローマの犬に成り下がるつもりなのか。

激怒の言葉を解すれば、すぐさま思いあたる事件があった。タレイランは油壺を放り出して、いきなり肩を竦《すく》めてやった。

実際のところ、がっくりと脱力してしまい、それだけのものを持ち上げる気力も湧《わ》かなかった。ああ、真面目になんか、やってられないよ。まったく、馬鹿らしくなってきちゃうよ。

「ほんと、やってくれたよ、婆《ばあ》さんたちが」

タレイランは司教冠を脱いだ。ああ、こんなもの、重たくて、重たくて、とてもかぶっちゃいられない。もったいつけて着飾っても、婆さんどもに縋《すが》りつかれるだけならね。

# 15――二人の内親王

マダム・アデライードとマダム・ヴィクトワールは、先王ルイ十五世の娘である。

王女といえば相場が政略結婚の駒《こま》なわけだが、この二人の内親王は父王に溺愛《できあい》されたがゆえに、外国に嫁がされることなく、フランスに暮らし続けていた。

ルイ十六世陛下からみれば亡父の妹、つまりは叔母《おば》の関係になる。

王族も王族、ごくごく近しい肉親というわけだが、このとうのたった姫君たちが甥《おい》の立場を危うくするくらいに不用意な、それこそ議会と人民を挑発しているのかと思わせるほどの軽挙に踏み出していた。

二月十九日、マダム・アデライードとマダム・ヴィクトワールは、二人して住まうパリ近郊ベルヴュ城を出発した。本格的な旅行を思わせる荷物を山積みした馬車が数台も連なる、なんとも仰々しい様子だったと伝えられる。

それぞれに従僕侍女まで引き連れたためで、つまりは特に秘する意図もなかった。実際ローマに行くつもりなので、向こうの事情に明るいルイ・ドゥ・ナルボンヌ・ララ伯爵に道案内を頼んだと、周囲には公言していたらしい。

「ふざけるな」

ロベスピエールは激怒の言葉を禁じることができなかった。今にして思い出しても、内親王たちの顚末《てんまつ》には腹が立って仕方がない。

第一にローマは許される旅先ではなかった。その都には教皇庁が鎮座しているからだ。その主である教皇ピウス六世は革命の敵だからだ。フランスの聖職者民事基本法に賛意を示さないばかりか、人権宣言さえ認めないようなアンシャン・レジームの権化《ごんげ》なのだ。

――フランスのシスマの一因といってよい。

ルイ十六世が批准したにもかかわらず、教皇の反対を口実に多くの聖職者が聖職者民事基本法を認めず、したがって宣誓義務も果たさなかったからだ。

議会の意向はいうに及ばず、国王政府としても急務とするべきは、宣誓拒否僧の撲滅であるはずだった。フランスの聖職者は立憲派に一本化しなければならないと、そうして皆が躍起になっているときに、二人の内親王は平然としてローマに向かったのだ。

なんでも三月の聖週間を永遠の都で祝いたかったらしい。荘厳なサン・ピエトロ大聖堂に歩を進めてこそ、御利益があるような気がするのであって、引き比べると、フランスで幅を利かせるようになった立憲派の僧侶《そうりょ》では、やることなすこと味気ない気がしてならないと、そうまで零《こぼ》したとか、零さなかったとか。

——王族からして、立憲派を否定するつもりなのか。

二人の内親王は、少なくとも宣誓拒否僧のほうは否定していなかった。

ローマで祝日の聖餐式《せいさんしき》を受けるということは、教皇庁付の聖職者、つまりは古い聖職者の手から聖体を拝領することだからだ。

外国の聖職者を同列には論じられないと、あるいは反論あるかもしれないが、ローマにおける王女たちの引受人が、宣誓拒否を公言して免職されたばかりの元大使ベルニス枢機卿《すうききょう》だと聞けば、やはり問題視しないわけにはいかないのだ。

——気まぐれが地金のルイ十五世の王女たちといえども……。

弁《わきま》えるべき道理というものはあろう。これでは聖職者民事基本法を虚仮《こけ》にしながら、ルイ十六世による批准の効果を無にしたも同然ではないか。そう憤慨するは憤慨するのだが、さりとて、それだけの事情ならロベスピエールも、あるいは頭の古ぼけた婆《ばあ》さんたちの愚行と、笑って済ませられたかもしれなかった。

そう簡単に流せる話でないというのは、マダム・アデライードとマダム・ヴィクトワールが、やはり王族だからだった。この輩《やから》は定評ある王弟アルトワ伯を筆頭に、しばしば別な意味でも道理を弁えてくれないのだ。

——王族を外国に出してよいのか。

かかる問いかけにおいても、内親王たちの気まぐれは警戒されずにおかなかった。なんとなれば、すでに多くの貴族が亡命を果たしていた。アルトワ伯に二人の内親王まで合流すれば、王族という結集の核が太くなることで、反革命の徒党が勢いづくは道理だ。外国で軍隊を仕立てて、そのままフランスに乗りこんでこないともかぎらない。やはり王族のコンデ公がヴォルムスで軍隊の編制に着手したとの噂《うわさ》もあり、マダム・アデライードとマダム・ヴィクトワールの出立を伝えられて、フランスの人民が一番に危惧《きぐ》したのも実をいえば、そうした類《たぐい》の危険だった。

であれば、すかさず動いたのも立憲派の僧侶ならざる、国民衛兵隊のほうになる。内親王の一行はセーヌ・エ・マルヌ県のモレ・シュール・ロワンまで進んだところで、市門を閉じられてしまった。議会に問い合わせて、正式な許可が出るまで通過は認められないとして、現地の国民衛兵隊が制止を求めたためだった。

――当たり前の話だ。

ロベスピエールは吐き捨てたものだった。ああ、いうまでもない。考え違いの婆さんたちなど、即座に連れ戻さなければならない。これまでベルヴュ城で好き勝手させていたのが間違いなのであり、向後《こうご》はパリ都心のテュイルリ宮で、ルイ十六世一家と一緒に閉じこめておかなければならない。

――ところが、なのだ。

二月二十一日、モレ・シュール・ロワンからの問い合わせを受ける形で、議会でも二人の内親王の問題が取り上げられた。終日の議論で導き出された結論は、マダム・アデライードとマダム・ヴィクトワールの旅を妨害すべからずというものだった。行き先がローマであれ、あるいはトリノやウィーンであったとしても、自由に旅すること自体は違法行為ではないというのだ。

モレ・シュール・ロワンの国民衛兵隊は内親王一行を釈放した。憲法を筆頭に掲げながら、人間の恣意《しい》ならざる法律の公正でフランスを治めていこうというのが、国民議会の理想であり、革命の建前であるからには、他にどうしようもなかった。

とはいえ、そうした理屈を理解するのは議員、せいぜいが有識ブルジョワ止まりである。専ら感情でもって正邪を判断するや、すぐさま行動に出るという直情的な輩も、世のなかには少なくない。

パリの群集は許さなかった。

次は王が国外逃亡を企てるだろうとか、実は内親王たちは密《ひそ》かに王太子を連れ出しているのだとか、いや、これからの計画で連れ出しの実行役は王弟プロヴァンス伯のほうらしいとか、真偽も定かでない噂に翻弄《ほんろう》されてもいた。それでも行動は躊躇《ちゆうちよ》しないのだ。

二月二十二日、王が暮らすテュイルリ宮、プロヴァンス伯が暮らすリュクサンブール宮と取り囲みながら、パリは例のごとくの抗議集会に突入した。

「王は身内の婆さんどもを連れ戻せ」

「若いほうまで、パリから逃げるつもりじゃないでしょうな」

「パリを離れるつもりはないって、ひとつ宣言を出してもらえませんか、陛下」

テュイルリで行われた集会についていえば、それは議会に対する圧力でもあった。なにをしている。綺麗事の法律論で済ませてよい話ではないだろう。そう尻を叩《たた》かれた気がしたのは、実際ロベスピエールひとりだけではなかった。

二十二日のうちにジャコバン・クラブでも討議が行われ、王族はフランス人民の同意と許可なくして、国を留守にしてはならない旨の宣言を、議会に出してもらおうという結論に達した。

二十三日の議会では、世論に押される格好で憲法制定委員ル・シャプリエも、亡命の権利、王族の権利、摂政権《せっしょうけん》の設定等々、早急に議論されるべき課題があると議場に宣した。

二十四日の朝には内親王たちがコート・ドール県アルネイ・ル・デュックで、再び当局に旅の中止を求められ、そのまま同市内に留め置かれている事実が報告され、反感がパリだけの先走りでないことまで明らかになった。

いっそうの勢いで、群集はテュイルリを取り囲んだ。いや、庭園まで踏みこんで、すっかり占拠してしまった。暴走が危惧されたため、ラ・ファイエット将軍が出動し、国民衛兵隊に大砲まで引かせる大がかりな警備になった。かかる物々しさにおいて、議会は再度の議論に着手したのだ。今度こそ連れ戻さなければならないと、わけてもジャコバン・クラブの面々は躍起になったのだ。

「しかし、またしても、だよ」

「ああ、あれなら議長をやらせておいたほうがよかったかな」

議席を並べるペティオンが、そう小声で返してきた。一緒に顎《あご》を動かして、注意を促した先が、いつもと変わらない議場も、なんだか小さく感じられる演壇だった。

――それだけ大きな男が立っているということだ。

前にも増して迫力に満ちるのは、前にも増して醜くなったせいだろうかと、ロベスピエールは考えてみた。目尻に汚らしい滓《かす》を溜《た》め、あるいは首筋の大きな瘤《こぶ》から膿《うみ》を垂らし、あげくが青ざめた顔をしているので、もう病は誰の目にも隠せない段階だった。それなのに張りのあるバリトンの声を響かせ、雄弁家は他面まだまだ健在であることも疑わせないのだ。それどころか、もはや神がかりしたくらいの説得力なのだ。

「ええ、与えなさいませ。亡命の自由を与えなさいませ。それは公正かつ不朽の法則です。さもなくば、御身《おんみ》の王国が牢獄《ろうごく》と化してしまいます」

ミラボーが出てきていた。もう二月二十八日になるが、二十四日から白熱の度を増すばかりの議会にあって、まさに議場を席捲《せっけん》する勢いを示していた。あれなら議長をやらせておいたほうがよかったと、ペティオンが零すというのも、そうであるかぎり議事の舵取《かじと》り役として、自ら発言することがなかったからだ。

# 16――君臨

　事実として、ミラボーは一月二十九日からの二週間の議会を、第四十四代国民議会議長として務めた。ジャコバン・クラブの代表《プレジダン》に就任したことと併せて、その意外に思われるくらいに遅れた議長初登板は、かえって政界の頂点を占めつつある実質を物語っているようでもあった。

　――まさに君臨しているのだ、ミラボーは。

　二月十六日に交替して、一議員の資格に戻るも、他の議長経験者にもまして別格の箔《はく》をつけての退任だった。ああ、ミラボーはジャコバン・クラブの、そして国民議会の、いや、のみならずフランスの指導者へと、一気に駆け上がることだろう。

　一連の行政改革の動きのなかで、パリ県の検事局長ポストに内定あったとも噂《うわさ》が流れた。同職が国民衛兵隊の監督権者であることを考えれば、就任と同時に司令官ラ・ファイエットの頭を押さえることもできる。役職に飾られてきた政敵さえ圧倒しながら、ああ、ミラボーは盤石の政権を打ち立てるに違いない。

——このまま行けば……。

それはジャコバン・クラブのなかでも極左の立場で、必ずしもミラボーと折り合いよくないロベスピエールにして、ほとんど疑いえないくらいの雰囲気だった。にもかかわらず、かの巨漢の雄弁家は、そのまま行くことをしなかったのだ。ジャコバン・クラブが繰り出す発議の、ことごとくを潰《つぶ》してみせたのだ。

「まったく、とんでもない話だよ。だって、ミラボーはジャコバン・クラブの先達《せんだつ》だったはずだろう。我々の意を汲《く》んでくれるのが本当じゃないか。王族はフランス人民の同意と許可なくして、国を留守にすべからずとは、私たち一部の過激な意見というわけじゃないんだ。ジャコバン・クラブの総意だったんだ。むしろ積極的だったのは、ミラボーが直《じか》に手を結んだはずの三頭派のほうだよ。それを支持してくれないばかりか、徹底的に攻撃するだなんて……」

ペティオンの囁《ささや》きは、だんだん恨み節に近くなった。議長をやらせておいたほうがよかった。発言してくれないだけ助かった。そう零《こぼ》したくなる気分は、ロベスピエールとてわからないではなかった。ああ、ミラボーが出てきてから、ぐっと旗色が悪くなった。

「まあ、交替した新議長は我らがジャコバン・クラブも生え抜き、まさしく三頭派のデユポールさ。きっと我らの有利に議事を操作してくれるに違いない」

そう返しながら、ロベスピエールとて言葉に気持ちが入らないことは自覚していた。実際、デュポールの舵取《かじと》りに期待するつもりはない。ジャコバン・クラブの反撃とて、必ずしも期待してはいなかった。どんな期待も気休めにさえなりやしない。だから、これまでもミラボーには、とことんやられてしまっているのだ。

二十四日、ミラボーは最初バルナーヴの発議を受ける形で登壇した。

すなわち、暫定的な措置で構わないから、ひとまず王族の移動という移動を全て禁止してはどうかと、かかる発議のあとを受けての発言だ。ええ、ええ、内親王たちの軽挙は、まったくもって遺憾《いかん》せんばんな話であります。市民という市民が自らの持ち場を守りながら、がっちり王の周囲を固めている今このとき、フランスを離れようとするなどとは、道義的に許される話ではない。

「しかし、です。マダム・アデライードとマダム・ヴィクトワールの御旅行は、違法というわけではない。というより、咎《とが》める既存の法律がないのです。断腸の思いながら、フランスが理性的な法治国家をもって自らを任ずるかぎり、内親王たちに旅を断念させる強制力は持ちえないのです」

議場を驚かせながら、ミラボーは二月二十一日の議会決定を擁護した。パリの人々が抗議集会を繰り返し、その圧力で取り消させようとした決定を、自らの剛腕で守り抜こうというのだった。

「いや、ありますぞ。法律ならありますぞ。なにより先に人民の安全が配慮されねばならないという、国家の不文律のことをいっておるのです」

ラメット兄弟に通じる愛国派の一員、グールドン議員が反駁《はんばく》しても、ミラボーは薄笑いで難なく一蹴《いっしゅう》してしまった。

「内親王たちが三日や四日、余計に野宿することになったからと、人民の安全に支障を来《きた》すとは思えませんが」

「ええ、ええ、むしろ、ヨーロッパ中が驚いております。パリでなく、ローマで聖餐式《せいさんしき》を受けたいという二人の老女が旅に出たと、そんなことをフランスの国民議会は本気で議論していると聞いて、諸国は驚き、でなければ腹を抱えて笑っておるのです」

そんな風に右派の野次にまとめられて、二十四日の議事は決した。二人の内親王の処遇についても、アルネイ・ル・デュックの当局に命じて、直ちに解放させることになれば、左派の完全な敗北といってよかった。

二十五日、ジャコバン・クラブは手を替え、公職に就く者の住居に関する法制化を提言した。憲法制定委員ル・シャプリエが以前に議会に提出して、そのまま棚上げになっていた法案を持ち出して、その中身を掘り下げるという戦法だった。

「すなわち、公職に就く者も筆頭というべき王は、議会に近侍《い》して暮らさなければならない。王が王国の他の地域に赴く等で、両者が距離を隔てざるをえない場合は、王の推定相続人、未成年の場合はその母親、あるいは最も近親の成人なる王族が、議会の許可なく移動できないものとされる」

事実上、王を宮殿に監禁しようという法案だった。加えるに実質的に亡命を禁ずる法案も提出された。議員バレールが王が外国に出る場合にも言及して、議会の許可なくしてはフランスを離れられないとも定めるべきだと主張したのだ。

かかる目論見《もくろみ》を打ち砕いたのが、再びのミラボーだった。議場を呆気《あっけ》に取らせながら、なんと基本的人権を持ち出してきた。つまりは全ての人間には好きに往来し、また自らが望むところで生まれ、暮らし、また死ぬ権利があるのだと。

「王族とて人間なのです。人間であるからには人権があるのです」

ロベスピエール自身はといえば、呆気に取られたというより正直、どきとさせられていた。

王族にも人権がある。貴族にも人権がある。当たり前の話にすぎないが、怒りに目が眩《くら》んでしまうや、しばしば忘却してしまう。革命の精神に反する、人民の安全を脅かす、祖国を破滅させかねない、つまりは悪なのだと決めつけたが最後で、相手も人間であり、人間であるかぎりは、人権があることなど忘れてしまう。

——だから、なのか。

ミラボーは正義を貫こうとしたのか。そうも自問するならば、ロベスピエールは容易に発言できなくなった。なんとなれば、一連の発言でパリには再び反ミラボーの空気が立ち上がったのだ。

新聞各紙は非難囂々《ひなんごうごう》の言辞を連ね、あのミラボー贔屓《びいき》のデムーランまで「もはやジャコバンの名に値しない」と書かざるをえなくなった。実際にジャコバン・クラブは反感を強くするばかりであり、ミラボー擁立を決めた連中までが、なにやら不穏な動きを示すようになっていた。

――とんでもない下手《へた》を打った。

不器用なロベスピエールの目からみても、明らかな失策だった。なんとなれば、ミラボーはジャコバン・クラブの代表に選ばれていたのだ。憲法制定国民議会の議長も務め上げたのだ。大衆の間に勝ちえた人気とて、いや増して高まる一方だったのだ。

そのままやっていればよかった。ここに来て、事を構える必要はなかった。無難を心がけているだけで、フランスの第一人者としての地位を築くことができた。ラ・ファイエットさえ追放して、野心が満願成就されたに違いなかった。

――なのに、どうして。

はじめロベスピエールは、王のため、王家のためなのかと考えた。かねてミラボーには、王党派的な政見が垣間《かいま》みえていたからだ。アンシャン・レジーム回帰派ではないながら、王の権利の擁護だけには熱心だったからだ。

が、そう仮定したところで、全て説明できるわけではなかった。

第一に今回は王の叔母《おば》の話であり、無責任な流言の類は別として、現実に王が亡命したわけではない。第二に反革命を志向するわけでないミラボーには、元来が亡命貴族たちと提携する腹がない。王の亡命を歓迎するわけもなく、ましてや自らが大臣の席を占めるという、かねて疑われてきた野心のことまで想起するなら、ルイ十六世には是が非でもフランスにいてもらいたいはずだった。

——だから、解《げ》せない。

ミラボーほどの政治家が、こうまで下手な手を打つ理由が察せられない。どうして好んで損をするのか、わからない。首を傾《かし》げるロベスピエールだったからこそ、これが貫かれようとしていた正義なのかと思いつくや、どきと胸を突かれざるをえなかったのだ。

ああ、誰にでも人権はある。それは王にも、王族にもある。あるかぎり、それを害するような法律は作れない。いついかなる場合であれ、どんな理屈が真実らしくみせようとも、あえて無視して、断じて作るべきではない。

「いや、人権というならば、やはりルソーに立ち返るべきでしょう。かの『社会契約論』に書いてありますぞ。『有事にかぎって、亡命が禁止されうる』と」

めげることなく、そう切り出したのが議員メルランだった。

二十八日の議会から、いよいよ亡命禁止法が審議される運びになった。法律がないというなら、作ればよい。それも既存の法案を修正して、実質的な効果を姑息《こそく》に図るような法制化でなく、新しい法案を正々堂々と打ち出せばよい。ミラボーにやっつけられた悔しさあまって、ジャコバン・クラブは奥の手を出したのだ。

とはいえ、憲法制定委員ル・シャプリエは二十八日の審議冒頭、ミラボーの言辞に沿う形で、あらかじめの釘《くぎ》を刺した。亡命問題の議論の必要は認めながら、それを禁止する法律となると、人権宣言の精神に悖《もと》るといわざるをえない、議論の自重を求めざるをえないというのだ。

これに左派が嚙《か》みつくという形で、のっけから議場は温度を上げた。

「ええ、基本的人権が云々《うんぬん》され、さらに人権宣言まで持ち出されましたが、そこに謳《うた》われている諸々《もろもろ》の権利は、ええ、ええ、祖国が平穏無事なときなら異論の余地なく、最大限に適用されるべきであります。しかし、騒乱の時代、危機の時代にあっては、ときに暴力的な措置も、つまりは銃剣も、もっといえば血も必要になってくるのです」

議員ムグエが続けば、議員ルーベルが大胆な譬《たと》えに及ぶ。

「ああ、亡命者なんか、脱走兵のようなものじゃないか。祖国のために戦うことを放棄した裏切り者に、人権など認めてよいものなのか」

平原派《プレーヌ》の頭越しに、右派、左派、それぞれが勝手な放言を怒鳴り合う展開となり、議長デュポールは収拾の術《すべ》もなかった。これでは是非も諮《はか》れないと、自然と意見が求められた先が、またしてもミラボーだったのだ。

# 17——亡命禁止法

その日のミラボーは、かつて私がプロイセン王フリードリヒ・ヴィルヘルム二世に献じた手紙から引用しますと前置きした。

「ええ、与えなさいませ。亡命の自由を与えなさいませ。それは公正かつ不朽の法則です。さもなくば、御身《おんみ》の王国が牢獄と化してしまいます。農奴が農地に縛られているのとは、わけが違います。今や人民は領主の持ち物ではないのです。神聖な真実によりて、その内に感情を脈打たせる崇高な生き物なのです」

そこでミラボーは少し顔を俯《うつむ》かせた。

「いや、こうした手紙はプロイセン王だけに送ればよいかと思いきや、同じ文言を今またフランスで、それも革命なったフランスで繰り返すことになろうとは……」

さらに一拍置いてから顔を上げ、くわと大きく破裂したとき、ぎらと双眼の底が光った。演説が再開されれば、刹那《せつな》ロベスピエールが首を竦《すく》めたくらいの迫力だった。

「亡命禁止法、なんと野蛮な法律でありましょうか。のみか、施行不可能な法律でもあります。なんとなれば、今や相手は市民なのです。農奴でも、領民でも、小作人でもない、自由を約束された市民ともあろう人々を、ドラコンの立法のごときによって、帝国に縛りつけておくような真似《まね》ができるわけがない」

古代アテネの法律、無慈悲な厳格さで知られ、「血で書かれた」とされるくらいの法律が持ち出されていた。不条理を強く印象づけてから、ミラボーは身体《からだ》ごと議席の左側に向きを変えた。

恐らくは誰と列から見分けられたわけではなく、そのあたりだと、おおよその見当をつけただけだろう。それでもロベスピエールは、いっそう縮み上がる思いがした。やはり、極左の立場だからだ。それとして、自らの正義を信じてきたからだ。が、小さな疑念も生じていた。それを演壇の巨漢は容赦なく告発するようだった。

「騒乱の時代ですと。危機の時代ですと。あるいは有事、または戦時と、ひとは言葉を作るものかもしれません。今だけは特別なのだと、こういう時局にあっては必要なのだと、ええ、いうまでもなく、それは独裁者の言葉です」

ロベスピエールは息が詰まり、ほとんど呼吸もできなかった。独裁だなんて、そんなつもりは……。そもそも縛る相手は市民じゃなくて、反動的な貴族や王族だけなのであり……。もちろん、貴族や王族にも人権はあるのだが、それも場合によっては……。

どれだけ胸奥に並べても、息苦しさが消えてなくなるわけではなかった。かかる言葉は全て、言い訳でしかなかったからだ。高く理想を掲げながら、それを無私の気概で実現しようと奮闘している身であれば、こそこそ逃げ口上を工面しようとする自分は、なおさら卑しく感じられるばかりなのだ。

ミラボーは続けた。独裁者が好んで持ち出す理屈が、世の治安であり、社会の安寧であるということも、また皆さん周知の事実でありましょう。ええ、ええ、このパリも軍隊に囲まれたことがありますな。反発して、我ら市民がバスティーユを陥落させるまで、あのときも国王政府は繰り返したものです。こうまで世が荒れては仕方あるまいと。これは平和を維持するための武力なのだと。ひとつ覚えを執拗《しつよう》に繰り返して、ときに法律を無視し、のみか人権の尊さを忘れ、諸々の原理原則までを踏みにじってしまうのが、独裁者というものなのです。

「まあ、それでも今の必要という理屈はあるのでしょう。強硬手段を取るべき時局も訪れないとはいえません。が、それは為政者の仕事だ。為政者が自らの責任において決断するべき、超法規的措置の話だ。ところが独裁者の類《たぐい》というのは、どこか後ろめたいものだから、つまりは責任など取れないと知るものだから、あらかじめ晴れの法律を定めることで、己の行いに箔をつけておこうとするわけです。しかし、忘れるべきではありますまい。治安の維持と法律の遵守は、全く別なものなのだと。前者は政治的な判断を含むところの臨機応変な匙《さじ》加減です。対するに後者は万民が守るべき絶対の価値であり、であるがゆえに例外ひとつ許されない不変不動の公理なのです」

確かに、そうだ。亡命禁止法ができれば、その適用は貴族だけ、王族だけにはかぎられない。公理として独り歩きを始めたが最後で、人民まで毒牙《どくが》にかけるようになっても、もう誰にも止められない。もはやロベスピエールは、完全に迷いに捕われた。これでよいのか、私の政治活動は……。このまま突き進めてよいのか、私の理想を……。

「ここに私は、いうなれば啓示を与える救い主として立っております。このままでは異端審問が行われかねないと警告しているからです。かかる制度を打ち立てた独裁者という汚名を、あらかじめ雪《すす》いでやろうというのです」

ミラボーは演説も締めくくりにかかっていた。ええ、国民議会は亡命を制限する如何《いか》なる法も、憲法の諸原則と相いれないと考えるべきでしょう。かかる前提において、左様な立法計画の審議を望まず、本日付の宣言をもって廃案とするべきでしょう。

「いうまでもないことながら、私は覚悟のうえで発言しております。というのも、内親王のローマ行は大変な悪評を買っておりますからな。国王陛下の国外逃亡までが噂《うわさ》され、かつまた非常に恐れられていますからな。それを留《とど》める亡命禁止法を廃案にしたとあっては、私が今日まで大衆の間で享受してきた人気のほども、急落すること請け合いだ」

議会に少しだけ笑いが起きた。いったん弛《ゆる》めて、油断させたところを強烈に引き寄せる。これもミラボー一流の弁論術である。

さあ、来るぞと、ロベスピエールは身構えた。が、そうした時点で、聞き逃せない真実の言葉が続くと確信しながら、耳に神経を集めてもいた。ええ、確かに人気は力です。弱々しい葦《あし》のようなものでなく、ときに社会を変えるだけの猛威を振るう。

「その力を失うことになろうとも、私は堂々たる樫《かし》の木に、しっかりとした根を張らせたいのです。このフランスに理性と自由の不動の基礎を置きたいのです」

その基礎を壊すような亡命禁止法には反対です。誓いますが、私は絶対に認めない。そう結んで、ミラボーは演壇を降りた。

ロベスピエールは、ようやく大きく息を吐《つ》けた。が、それらしい言葉を発するまでの力は容易に戻らなかった。近く席を並べている極左の仲間にしても同じで、普段は腐敗した政治屋と嫌っている男の言葉のなかにこそ、なにがしか胸に突き刺さるものを感じたようだった。

してみると、かえって耳についてしまう。ジャコバン・クラブの仲間で占める左翼の議席も、ロベスピエールたちから少し離れた中央よりのほうは、ざわざわ騒がしくなっていた。ミラボーの演説は確かに聞いたはずなのに、それが終わるや、それが始まるまでの騒ぎ方に、みるみる立ち戻ろうとしていたのだ。

——どうして……。

ロベスピエールには受け入れがたい光景だった。いや、ミラボーの演説に心打たれろとはいわない。異論反論あるならば、それは大きく声に出すべきである。自前の主義主張がありながら、なお迷いのなかから抜け出せず、したがって声を出せない自分のほうが、かえって恥ずべきなのだとも思う。

だから、声を出すのはよい。野次にして騒ぐことも、ひとつの手法だ。ロベスピエールが違和感を、いや、それを越えて、はっきり不愉快を覚えたというのは、そうして騒ぎ始めたジャコバン・クラブに、どこか軽々しい空気が感じられたからだった。

――ミラボーいうところの、大衆の人気が望みか。

ここで議会随一の雄弁家を、なにがなんでも叩《たた》いておけば、ジャコバン・クラブの人気は確かに高まるはずだった。ミラボー自身が認めているように、世人は王族の無責任な振る舞いに激怒しているからだ。そのままの勢いで亡命禁止法を望んでいるからだ。が、それはそれ、議員が己の良識に則して下すべき判断は、また別なものである。再びミラボーの言葉を借りれば、それこそ大地に根を張る樫の木のごとくでなければならないのである。

――人気とて弱々しい葦ではないからと、それとひきかえにして……。

ついに挙手に及んだ輩《やから》がいた。議長に発言許可を求めたのは、ジャコバン・クラブも三頭派の与党で知られる議員ヴェルニエだった。ええ、私は審議延期を提案いたします。

「憲法と亡命禁止法を和解させる術は本当にないのかどうか、直ちに廃案にするのでなく、いったん憲法制定委員会に預けて、再検討してもらってはどうかと思うのです」

一斉に拍手が起きた。従前までの騒ぎ方から一転、それは一種の秩序すら感じさせる出来事だった。みれば、中道ブルジョワ議員の面々までが手を打ち鳴らしている。先延べは連中の好みに合致するとはいえ、いくらか出来すぎといわなければならない。

——根回しあったか。

また三頭派が水面下で動いたのか。あくまで己の主義主張を貫こうとするのでなく、またぞろ政治力学のほうを優先させながら……。過日にミラボーと結んだと思えば、もう旗色悪いと捨てさり、今日には別な足し算を成立させながら……。

ロベスピエールは、ぎりと奥歯を嚙《か》みしめた。が、やはり声を上げられるわけではなかった。まだ迷いのなかだからだ。払拭《ふっしょく》して、走り出せるわけではないからだ。

迷いがないのは、やはりミラボーだった。

「駄目だ、駄目だ、即時の廃案でなければ駄目だ」

「そんな強硬な……。我々はミラボー議員の意見を顧慮しないとはいっていない。ただ結論を急がず、継続審議にしようと……」

「だから、考える余地などないのだ。すぐさま廃案にしなければならないのだ」

「この議会に独裁を敷いているのは、はん、ミラボー議員のほうではないのかね」

「なに」

ミラボーは睨《にら》みを利かせた。まさに獅子《しし》の眼光だった。が、こちらは数を頼めると思うのか、ジャコバン・クラブの面々も退《ひ》かなかった。ああ、自業自得だ。ああ、そんな風に脅して、我を通そうとするから、独裁者などといわれてしまうのだ。

「下がれ、下がれ、暴君ミラボー」

「なるほど暴君、まさしく暴君、自由だの、人権だの、まことしやかに唱えるが、本当は王族のためを図りたいだけなんじゃないか」

「それとも、なにか。アンシャン・レジームを再興して、まんまと大臣の座について、文字通りの暴君として、自分がフランスに君臨しようという腹か」

野次の勢いは止まらなかった。独り受け止めるミラボーはといえば、もはや顔面蒼白《がんめんそうはく》になっていた。目尻だけを危うい感じで朱に染めて、今にも倒れそうだった。

やはり、病はひどいのか。その実は健在とみえたものは、驚嘆すべき精神力の賜物《たまもの》でしかなかったのか。にもかかわらず、こちらは数を頼みに、よってたかって、皆で叩きにかかっている。相手は凶暴な獅子なのだから、なにをしても構うものかといわんばかりである。それを止めようとしていないだけで、ロベスピエールは自分が卑劣な真似をしているように感じた。

なおミラボーは倒れなかった。そのかわり、なにかを誤魔化《ごまか》すように肩を竦めた。仲裁を求めた先が議長席のデュポールだった。ああ、いま一度だけ登壇の機会をいただきたい。ああ、野次を飛ばした面々に私は思い起こさせたい。

「このミラボーは己の生涯を専制主義との戦いに費やしてきたということを。また今も命をかけて、その徹底的な打倒のために戦っている……」

「だったら、王族の亡命など許すな」

「いったん許したが最後で、外国から専制君主の軍隊を呼びこもうとするんだぞ」

「ああ、先に亡命した貴族の輩と合流させてはならないのだ。トリノで、ローマで、ウィーンで、どんな陰謀が画策されているのか、貴市民も知らないわけではあるまい」

「だまれ、そこの一味」

ミラボーは一喝した。びりびりと空気が震えたようでもあった。雷雨の嵐《あらし》さながらに駆け抜けて、やはり獅子の咆哮《ほうこう》は健在だった。

威圧されて、さすがの議場も数秒という時間ばかりは、沈黙せざるをえなかった。が、それだけだ。

反感は立ち上がらざるをえなかった。そこの一味とはロベスピエールの感じ方でも、あまりに横柄な言い方だった。まるでスリを常習としている窃盗団でも捕まえたようではないか。でなければ、教室で騒ぐ生徒を上から叱《しか》りつける教師さながらではないか。

「ええ、いくらなんでも、そういう言い方はない。我々とて議員なのです。正当な選挙で選ばれた国民の代表なの……」

「だまれ、そこの三十人」

ミラボーは横柄な一喝を繰り返した。正確に三十人と数えたわけでなく、恐らくは、かつての「三十人委員会」を暗に示唆したものだった。そう呼ばれた有志の結社は、愛国派と呼ばれる一派の前身であり、これを今日指導しているのがデュポール、ラメット、バルナーヴという、いわゆる三頭派なのである。

さすがの眼力というべきか。面々の暗躍に関しては、ミラボーも気がついているようだった。

# 18——裏側

やりすぎたかな、とはミラボーも思わないではなかった。思うほどに腹が立つのは、マダム・アデライードとマダム・ヴィクトワールの二人の内親王だった。

——誤算だった。

我儘《わがまま》気楽な王女育ちの老女たちとはいえ、あれほど短絡的な馬鹿をしでかすとは想定外だった。この不本意な事件が招いたのが、議会における亡命禁止法制定の動きである。つけなくてもよいところに火がついた格好であり、こちらは火消しに走らなければならなくなる。

——余計な仕事を押しつけてくれる。

単に骨折りであるのみならず、それはミラボーに多大な犠牲を強いるものでもあった。ああ、まったく、腹が立つ。亡命禁止法を阻止したことで、せっかく手なずけたジャコバン・クラブが離れていきかねなくなった。こちらが無くした大衆の人気を、かわりの受け皿として掌握するなら、手強《てごわ》い敵にもなってしまう。

——糞《くそ》ちくしょうめ。

もちろん、ミラボーは一連の議会活動を後悔するではなかった。それは犠牲を払おうとも、やらなければならない仕事だった。ただ悔やむとすれば、もう少し上手に進めたいものだったなと。わけても言葉が荒くなって、今回は無用の反感まで買ってしまったなと。

その実は体調が悪すぎた。まっすぐ歩き、背筋を伸ばして立つ姿勢を維持するのが精いっぱいで、さらなる言葉の選び方となると、まるで自制が利かなかった。議会が引けた今にして、繰り返し襲いくる嘔吐《おうと》の波を堪《こら》えなければならない有様であれば、今回ばかりは仕方なかったとも思う。

——それでも、やはりジャコバン・クラブは惜しい。

大衆の人気を取り戻すためにも、連中を敵に回してはならない。やはり反省あるべきと自戒するだけに、ミラボーは休めるときにも休まなかった。今日の綻《ほころ》びは、今日のうちに繕わなければならない。集会場のジャコバン僧院に自ら出向いて、議場での不躾《ぶしつけ》を詫《わ》びながら、面々の好意をつなぎとめなければならない。

無理な相談ではないはずだった。人権宣言を持ち出し、自由を謳《うた》い、また専制主義を攻撃した。言葉だけ並べてみても、観念が勝つ嫌いがある左派なら、すぐさま飛びつきそうな話なのだ。

二人の内親王の出鱈目《でたらめ》が出鱈目だけに、憤激の度合いが大きくなりすぎて、議論の流れのなかでは素直に容《い》れてくれなかったが、ジャコバン・クラブのような内輪の集まりで、親しく膝《ひざ》を交えながら話せれば、どうでも納得されない話ではないはずだった。あ あ、全面的に容れてくれるのでないにしても、余計な反感くらいは帳消しにできるはずだ。

――それが、なんだか様子がおかしい。

やはり、おかしい。その二月二十八日の夕、ミラボーは最初エギヨン公爵の屋敷に向かった。もとより晩餐《ばんさん》に招かれていたからだが、こちらとしてはジャコバン・クラブへの仲裁を頼む腹づもりもあった。

軋轢《あつれき》あって、和解を図るからには、間に人を立てたほうが、滞りなく進むは必定《ひつじょう》である。こちらも貴族の端くれであり、エギヨン公爵とは旧知の間柄だった。議員仲間として、この二年は活動を共にしてきてもいる。

いわゆる開明派貴族のひとりで、公爵は熱心なジャコバン・クラブの会員でもあった。だから頼めると期待して訪ねたのだが、それが玄関先で招待を取り消されてしまったのだ。

執事は断る口実を述べたが、ミラボーは聞かなかった。聞くだけ、無駄だ。本当の理由は、明らかだ。親しいといえば、エギヨン公爵は誰よりデュポールと刎頸《ふんけい》の仲で知られていた。議場では議長を務めた、あのデュポールである。やっつけたばかりの三頭派の一角のデュポールである。であるならば、エギヨン公爵がこちらとの形ばかりの友誼《ゆうぎ》など、あっさり忘れてしまって当然なのである。

——となると、いよいよ殺されてしまうかな。

夜道など歩いていては、刺客に襲われてしまうかな。さて、そうなってしまった日には、この病に蝕《むしば》まれた身体《からだ》が動いてくれるものだろうか。そう自分を冷やかしながら、ミラボーは絞るような音を鳴らして、ジャコバン僧院の門の鉄柵《てっさく》を押した。

——分の悪さは承知している。

それでも巻き返しを図らないではおれない。いや、容易に図れるものでなくとも、ジャコバン・クラブに顔だけは出しておかなければならない。逃げ隠れしては終わりだからだ。悪意があった証拠と取られてしまうからだ。悪びれることなく、普段通りの顔で談笑を持ちかけることこそ、とっかかりになるからだ。逆にいったん隔たりが生じれば、どんどん話しにくくなる。ああ、どんな火事も放っておくほど、どんどん消せなくなるものだ。そう自分をけしかけながら、ミラボーは図書館の扉を押し開けた。

熱っぽい空気が感じられて、いつものように激論が交わされていたことが知れた。無数の背中が並んでいて、その夜も百人からの会員が詰めているようだった。が、ことごとくが演壇に目を注いで、こちらの入場に気づいた者はいなかった。かえって目が合ったのが、その演壇に上がっていたデュポールだった。

とすると、黒々とした太眉《ふとまゆ》が、おかしな形に歪《ゆが》んだ。なにごとか論じていた演説を止《や》め、デュポールは手ぶりで集会場に注意を喚起した。ああ、みんな、入口に目を向けてくれたまえ。自由にとって危険な人間は、我らから離れた場所にいるわけではない。悲しいことだが、すぐそばにいるという現実を認めなければならない。

「それが証拠に最も危険な男が、ここにいる。我らの希望を潰《つぶ》そうとした男だ」

議会では議長を務めていたために、なかなか発言できなかった。その鬱憤《うっぷん》を晴らすつもりがあるのか、デュポールは言葉遣いも仮借なかった。いや、いっそう容赦ないのは、やはり議会でも対峙《たいじ》して、その分だけ生々しい遺恨がある輩《やから》のほうか。

血統書付きの犬のような端整顔で、アレクサンドル・ドゥ・ラメットが吠えて続いた。

「市民ミラボー、我々は三十人ではない。大同団結して、決して細切れにならない百五十人として、ここにいる。国民議会においても力ある百五十人のジャコバン議員だ。その百五十人が一人残らず、あなたの不誠実を知っているのだ」

あとは投げつけられる罵倒《ばとう》も、百人を超える面々に口々に叫ばれては、聞き分ける術《すべ》もなくなった。

そもそもが烏合《うごう》の衆であれば、聞く意味がある言葉でもなかった。指導的立場にある者が右を向けば右を、左を向けば左をと、それだけの輩だからだ。現に三頭派がミラボー、ミラボーでいるうちは、きさまら、この俺《おれ》を見上げるにも、まるで聖人でも仰ぐような目つきだったではないか。

──にしても、変わり方が激しすぎる。変わり身が早すぎる。上についていくしか術がない、哀れな輩の話ではない。ひとかどの名声を勝ち得て、議会にも地歩あるはずの三頭派の話である。

──いや、やはり、そういうことか。

ミラボーは皮肉な笑みに逃げるしかなかった。議場でも感じたことだが、連中の迷いのなさには裏がある。亡命禁止法を反故《ほご》にされかけて、いくら反感を抱《いだ》いたからといって、こうまで極端な攻勢に転じられるわけがない。確かに反感を抱き、あるいは向後《こうご》の展開を危惧《きぐ》したかもしれないが、そのことをきっかけに粗忽《そこつ》といえるくらいの軽々しさで、またぞろ三頭派は動いたのだ。

──今度はラ・ファイエットあたりと結んだか。

かの英雄との暗闘は続いていた。ラ・ファイエットの動きが活発化している向きも、つかんでいた。

土台が大衆の人気が高いうえに、ジャコバン・クラブに迎えられ、憲法制定国民議会で議長の椅子《いす》を占められ、もはや議会において言論を止められる者もない。そのミラボーがパリ県の人事を利して、自らの職権を監督する立場に登るとなれば、もう一刻の看過もならないというわけだ。

だから、ジャコバン・クラブに働きかけたラ・ファイエットの動きはわかる。が、あっさり受けて、手を結んでしまう三頭派の動きとなると、いくらか首を傾《かし》げざるをえなかった。

――意外に節操がないな。

ミラボーは今度は笑みに流す気になれなかった。というのも、綺麗な言論を弄《ろう》する割に、やることは政治屋そのものではないか。こちらのミラボーと結び、またぞろラ・ファイエットに乗り換えて、要するに自分たちの地位を守ることだけではないか。いや、単なる保身ではない、これも自分たちの理想を実現する方便だと、そう連中は申し開くのかもしれないが、はん、こんなことばかりしていると、そのうち自分を見失うぞ。

――大丈夫なのか、本当に。

ミラボーは、かえって心配になってきた。ふと目を留めれば、デムーランも集会場に詰めていた。言葉はなく、ただ涙にうるんだ目をこちらに向けていた。

ロベスピエールもいた。やはり無言ながら、こちらの目には怒りの色がみえた。が、それが自分に向けられた怒りでないことが、ミラボーにはわかった。なにか向けられていたとすれば、むしろ問いかけのようなものか。

――いずれにせよ、こいつらのほうが見込みがある。

三頭派などという小器用な半端者より、遥《はる》かに見込みがあるというべきだろうな。ふうと大きく息を吐《つ》くと、もうミラボーは踵《きびす》を返した。投げかけられた悪意に報いるつもりはない。さよならの手ぶりを交えて、ひとつ言い残すだけだった。

「私のほうは陶片追放《オストラシズム》に処されるまで、貴市民たちと共にあるつもりでいるよ」

ミラボーはジャコバン僧院を出た。二月の夜の寒さにあてられ、ひとつ身震いしながら思うに、和解をあきらめたわけではないと。とはいえ、それも今日のところは、なにをやっても無駄だろう。なに、いずれ、また手なずけることができるさ。はん、かんたんな話さ。ラ・ファイエットさえ追い落とせば、きっと向こうから擦りよってくる。

――それに今日は疲れた。

今日も疲れた。それが証拠に寒気に洗われ、額が寒くてならなかった。脂汗が玉になって、びっしり張りついているからだ。襟を立てても、もっと高くと立てても、震えが少しも止まらないのは、こちらでも首に巻いたスカーフが、たっぷりの血の汗と、おまけに瘤《こぶ》から滲《にじ》み出た膿《うみ》を吸いこんでいるからなのだ。

悲鳴を上げて、今にも倒れようとする肉体を無理に鼓舞して立たせるのも、そろそろ限界に近づいているようだった。いや、俺とて馬鹿ではない。命を無駄にする気はない。

現に自分から仕掛けたわけではない。できることなら、ゆっくり身体を休めたい。

――けれど、世のなか、出鱈目が多すぎるのだ。

誰も彼もが勝手ばかりだ。そう憤慨しかけて、ミラボーは苦笑に逃れた。ああ、せめて笑うことで、自分を励ますしかあるまい。それが自由というものであり、民主主義というものだから仕方ないと。

全て思い通りにいくならば、それまた詰まらない話になる。いうなりにならないものを、いうなりにするから面白い。元来それを是として、行動を惜しまなかったミラボーをして、これでもか、これでもかと起き続ける不測の事態は、さすがに辟易《へきえき》させていたのである。

体調の悪さもあって、本来なら諦《あきら》めて不思議でなかった。その仕事を投げ出すことなく、今なお続けさせている思いは、もはやひとつだけだった。

――あと少し……。

ここが正念場だ。あと少しで終わるのだ。馬車は鉄柵の門を出て、すぐのサン・トノレ通りに待たせてあった。ミラボーは脇目《わきめ》も振らずに車室に向かった。とにかく早く座席に身体を預けたかった。ああ、あと少し、あと少し。

ぎりぎりの状態であれば、やはり舌打ちくらいは禁じえなかった。

――ちっ、刺客か。

背中に暴れる影が感じられていた。捕えられたということだろう。暗殺の危険は予見できたものであり、ミラボーは手のものを護衛として、あらかじめサン・トノレ通りの闇《やみ》に潜ませていた。それが働いてくれたらしい。背後から主人に迫ろうとする不穏な輩を、首尾よくつかまえてくれたらしい。

ミラボーは振りかえるのも億劫《おっくう》だった。始末しろとだけ命じて、そのまま自分は馬車に乗ってしまいたかった。が、刺客の背後を探らないでは、その処分も決められない。やれやれ、また仕事かと溜《た》め息をつきながら、今にも踵を返そうとしたときだった。

「私です、ミラボー伯爵」

背後の影は訴えるような声だった。ええ、伯爵。私です、フェルセンです。

「スウェーデンのぼんぼんか」

知らない相手ではなかった。自分に危害を加えるとも思われなかった。ああ、どうやら振り向かないで済みそうだ。そのまま馬車に向かいながら、ミラボーは一言だけで背中に命令した。

「乗れ、フェルセン」

# 19――秘策

車室に落ち着くと、ようやくミラボーは人心地つけることができた。外よりは暖かかったし、気に入りの膝《ひざ》かけも積まれていた。ぬくみながら、くつろぎながら、脚を長々と伸ばし、が、そうすると、なんだか窮屈な感じがした。あちらのフェルセンも北方スウェーデンの血筋で、かなり大柄なほうだったからだ。

再びの舌打ちで、ミラボーは始めた。ちっ、まったく驚かせおって。

「それで、なんだ」

「国王陛下が国外逃亡の意志を固められました」

「そんなこと、誰が固めさせろといった」

「と申されましても……、すでに計画は準備の段階まで進んで……」

亡命の企てはフェルセン、ラポルト、ブルトゥイユあたりを中心に、宮廷でも独自に進められているようだった。知らないミラボーではなかったが、ときに応援するかの口ぶりで煽《あお》ることさえしながら、とりあえず好きに計画させてみることにした。労せずして選択肢が増えるなら、それも自分が動いていないだけ、捨てても惜しくないものなら、増えるだけ大歓迎なのだ。

それがフェルセンの報告によると、ロレーヌ国境を越えての国外脱出という線まで煮詰まってきたようだった。他でもない、駐留王軍の司令官ブイエ将軍を頼るという話だ。

ははあ、とミラボーにも事情が読めてきた。ブイエはラ・ファイエットの従兄弟《いとこ》である。国民衛兵隊司令官は、その線からも情報を仕入れたのだ。自分を追い落とすべく、政敵はルイ十六世の亡命という秘策に訴えるつもりだと、いつも以上に神経を尖《とが》らせたからこそ、ラ・ファイエットはなりふり構わない議会工作を急いだのだ。

が、こちらのミラボーには王を国外に逃れさせる意図などない。

「まさか、フェルセン、おまえたちが、あれも……」

「あれとはヴァンセンヌの一件のことですか」

「いや、それなら俺《おれ》が仕込んだ話だ」

ミラボーは不敵な笑みを示してやった。ヴァンセンヌの一件とは、それとして二月二十八日を震撼《しんかん》させた事件だった。

王族に対する反感が高まるなか、またぞろパリに不穏な噂《うわさ》が流れた。テュイルリ宮の地下に発して、東郊外に鎮座するヴァンセンヌ城まで、長さ一リュー（約四キロ）になんなんとする秘密の通路が延びているというのだ。それを利用して、ルイ十六世はじめ王族の面々は、今日にもパリを脱出しようとしているとも囁《ささや》かれたのだ。

激したのが、フォーブール・サン・タントワーヌ街の男女だった。気の荒い街区《ディストリクト》の話であれば、すぐさま暴動の体《てい》になった。ああ、ヴァンセンヌに行こう。大昔のシャルル五世王が建てた天守閣など、バスティーユと同じように破壊してやれ。

そう叫んで群集を率いたのが、麦酒《ビエール》醸造を営むパリの大ブルジョワ、バスティーユの英雄のひとりでもあるサンテールという男であれば、さすがのラ・ファイエットも慌てないではいられなかったのだ。

パリに引き返すよう説得する、無用の騒擾《そうじょう》は鎮圧しなければならないと、将軍はパリ国民衛兵隊を率いて出動した。その実はサンテールこそ、パリ県の人事刷新に際して、新たな国民衛兵隊司令官に抜擢《ばってき》するべきと、ミラボーが陰で推している人物だった。

もちろん、こちらの動きは政敵も察知している。サンテールと名前を聞けば、全体なにをされるものかと、ラ・ファイエットが戦々恐々とするのは必定なのである。

「ああ、俺としては議会も山場を迎えたものだから、うるさい奴《やつ》をパリから追い払いたかったわけだ。それがヴァンセンヌから血相変えて戻ってきたというじゃないか」

「とすると、伯爵が仰《おつしや》るのは、テュイルリのほうの事件ですか」

ミラボーは頷《うなず》いた。ラ・ファイエットがヴァンセンヌに向かい、パリを空けた数時間の話だった。見計らったか、それとも単なる偶然か、三百人の貴族がテュイルリの正門広場に集まった。

――が、なにをしたかったのか、わからない。

我々は国王をお守りするために来たというのが、口上だった。群集がヴェルサイユを席捲《せっけん》した例もある。再び陛下の御住《おす》まいに乗りこむような真似《まね》は自分たちが許さない。そう唱えるのは、内親王たちのローマ行に端を発する数日来の騒擾を窺《うかが》いながら、危機感を募らせていた忠義の輩《やから》ということらしかったが、いかんせん間が抜けていた。

引き返したラ・ファイエットに武装解除を迫られると、懐剣ひとつを別にして、あっさり応じたとか、応じなかったとか。いずれにせよ、世人がその様子を捕えて、夕までに「懐剣の騎士団事件」と呼ぶようになった顚末《てんまつ》が、パリでは確かに起きていた。

ラ・ファイエットとしては、さぞや肝を冷やしたことだろう。それについてはミラボーとしても、ざまあみろという気分なのだが、不測の事態であることには変わりがなく、やはり心穏やかではいられなかった。誰が動いていたのだと、裏を探らないではいられない。それが、そうか、フェルセン、おまえたちの仕業だったのか。

「王妃にせっつかれて、か。王の決意が固まったから、すぐさま行動に移せと、か」

「いいえ、違います。あれは関係ありません。王家の皆様が焦れているのは事実ですが、だからといって、いくらなんでも、あんな無謀で愚かしい真似《じ》はいたしません。ええ、あれは有志の面々が、独自の判断で決起したものなのです」

「本当か」

「本当です。本当に我々は関与していません。それが証拠に我々の計画は別にあります。先ほど申し上げましたように、ロレーヌ国境のブイエ将軍を頼り……」

ぬっと丸太の腕を伸ばすと、ミラボーは相手の胸倉をつかんだ。ぐいと引きよせ、低めた声で凄《すご》んだことには、いいか、色男、よく聞けよ、と。

「なんのために、俺が亡命禁止法を阻止しようとしたと思う」

「御言葉ですが、ミラボー伯爵、それは関係ないように思われます。というのも、フランス王ルイ十六世の亡命となれば、内親王方の御旅行とは自《おの》ずと話が違ってきます。亡命禁止法のあるなしにかかわらず、許されるわけがない。決行するなら、あくまで秘密裡《ひみつり》に進められなければなりません。つまりは王族とばれないように変装して、そのうえは夜の闇《やみ》に乗じながら、なるだけ人目につかないよう、静かに宮殿を脱け出して、……」

「だから、さ」

「意味がわかりかねますが……」

「だから、そんな、こそこそ逃げるような真似はするべきでないというのさ」

「…………」

「フランス王ルイ十六世がパリを出ることがあるなら、誰の目を憚《はばか》るということもなく、白昼堂々の行進で出ていかなければならないのだ。誰に止める権利がある、なんの法律が禁じていると、そのときになって居直るためには、亡命禁止法などという法律が成立していてはいかんのだ。ラ・ファイエットだろうが、バイイだろうが、容易に手が出せないようにしておかなくては拙《まず》いのだ」

つまりは国民衛兵隊にも手出しさせない。パリの群集にも邪魔させない。むしろ、王家の脱出に喜んで協力するくらいでなければ、ルイ十六世は宮殿から出るべきではない。そう迷わず断定してやるほど、フェルセンは困惑の色を濃くするばかりだった。いや、ありえない。そんな話はありえない。だって、反対されるに決まっているじゃありませんか。簡単に逃がしてくれるわけがないじゃありませんか。

ミラボーは相手の言葉尻を捕えて、やっつけた。

「逃げるような真似はするべきではないと、さっきも釘《くぎ》を刺したはずだが」

「しかし……」

「こそこそ逃げるのではない。そのときフランス王は決然として出ていくのだ」

「できますか、そんなことが」

「フランスが独裁者による警察国家に落ちないかぎり、な」

「御言葉《おことば》ですが、ミラボー伯爵、今のフランスだって、すでに……」

「今のフランスなら、まだ十分に可能だ。今のフランスでも不可能というならば、それは手際が悪すぎるということだ」

「………」

「できるんだよ、この俺さまが手ずから絵図を描け……」

ミラボーは言葉を切った。というより、あとが出てこなくなった。かわりに喉奥《のどおく》から迫《せ》り上がるのは、恐ろしいほどの固さを伴う激痛の塊《かたまり》だった。

「ぐご、ぐご、おお、おお」

自分でも泡を噴いたことがわかった。が、あとは車窓の薄暗い景色さえなくなった。伯爵、どうしたのですか。ミラボー伯爵、しっかりしてください。フェルセンの声ばかりは聞こえたので、たぶん白目を剝《む》いたということだろう。

「おい、医者だ。医者にみせなければ」

車室の座席に倒れてみると、パリの石畳も随分でこぼこしているものだった。力のない身体が、絶えず上下に弾んでいた。卒倒している身としては、あまり愉快なものではないなと、ミラボーが意識を失う前に抱いた、それが最後の思いだった。

# 20──死の床

タレイラン様がおみえです。そう執事に伝えられると、ぼんやりしていた想念に独白めいた言葉が浮かんだ。そりゃあ、タレイランなら来るだろうさ。

──あいつも坊主なのだから。

ミラボーが思わず噴き出したのは、その直後の話だった。ああ、そうだ。神父の肩書を持つのだから、臨終の秘蹟《ひせき》くらいは授けられるというわけだ。とりたてて用事がなかったとしても、その資格ならば訪ねてきて、ひとつも奇妙なところはないわけだ。

──なんとなれば、もう俺《おれ》は死の床にいるのだから。

一七九一年も四月一日になっていた。その巨体を寝具に埋もれさせながら、ミラボーは騒ぐでなく、嘆くでなく、とうに諦観《ていかん》の域だった。

──ああ、とうとうだ。

来るところまで来た。やはり病は深刻だ。もう不治の段階だ。かかる現実を受け止めていればこそ、ミラボーは穏やかな微笑で友を迎えられたのである。

「それにしたって、この大騒ぎは、どんなものかね」

あちらのタレイランは、そういう受け取り方だった。寝台側の椅子《いす》を取ると、顔つきが常ならずも神妙になっていた。

またミラボーは、おかしくなった。なんだ、タレイラン、なんだ。一端《いっぱし》の道徳家めいて、今日のきさまときたら、まるで聖職者みたいだぞ。ますます気分が明るくなって、いよいよ声にも出したくなる。ああ、無駄に口を開くなと、医者には止められているんだが、はん、構うものか。

「喋《しゃべ》ると病気に悪いというが、どうも俺の場合は違うようなのさ。なるほど友に囲まれて、今日まで楽しく生きてきたのだ。そうであってこそ、心地よく死んでもいける」

「にしても、楽しすぎやしないかというんだよ」

悪友の苦言もわからないではなかった。病人が横たわるとは思えないほど、部屋は賑《にぎ》やかになっていた。立錐《りっすい》の余地もないほど人で溢《あふ》れかえってもいて、それこそ足が不自由なタレイランにすれば、寝台に近づくだけのことにも難儀を強いられただろう。

――しかも、ピーピーとやかましい。

ミラボー重体の報を聞きつけ、ショッセ・ダンタン通りの屋敷を訪れる見舞い客は、文字通りに跡を絶たない体《てい》だった。

同僚議員は右も、左も、中央もなくやってきた。

喧嘩《けんか》したままのジャコバン・クラブさえ例外でなかった。ラメット兄弟は臍《へそ》を曲げたままのようだったが、かわりに訪ねてきたのが演壇の好敵手というべき、かのバルナーヴであったというから、それとして感動するべき話なのかもしれなかった。

見舞い客はパリ市政庁の代表、パリ諸街区の代表、セーヌ県庁の代表、貴族仲間、作家仲間、友人知人と列を絶やさずに訪れた。それこそミラボーが感涙を頬《ほお》に伝わせる暇もないほどだった。

——が、それも数語を交わせば立ち去り、最後まで残る輩《やから》となると……。

タレイランが楽しすぎるというのが、そこだった。着るものの色遣いが決定的に別らしく、なんだか部屋は華やかになってもいた。

愛人たちが総出で詰め寄せていた。一夜かぎりの関係や、こちらは顔も覚えていないような女まで、全て含めなければならないというのは、ひとたび見舞いに訪れるや、それきりで皆が部屋を動かなくなるからだった。

同じ男の思い出を共有するという意味では、一種の仲間なのだとでも思うのか、女たちは数日は喧嘩もなく、和気藹々《わきあいあい》としてすごしていた。かえってミラボーのほうが居心地悪いくらいだったが、まあ、「ココ」と呼んで可愛がってきた庶出の息子、九歳になるルカ・ドゥ・モンティニィまで母親に手を引かれて来たのだから、これはこれで悪い見舞いというわけではない。

血縁といえば、姉のデュ・サイヤン夫人、その息子で甥《おい》のデュ・サイヤン伯爵、その娘で姪《めい》のアラゴン夫人と揃《そろ》うのは当然として、なんたることか、疎遠が続いていた母親、老ミラボー侯爵夫人までが屋敷を訪ねてきた。

もちろん、ミラボーは老母を拒絶しなかった。父侯爵とは最後まで和解できなかった。が、同じ疎遠も母親のほうは、比べられるほどの確執があったわけではない。なにより向こうから来てくれたのだ。こちらが無頓着《むとんちやく》でいたのに、あちらのほうが意を砕いて、命あるうちにと和解を間に合わせてくれたのだ。

「というわけで、なんの皮肉か、俺のところに集まるのは女子供だけなのさ」

続けながら、ミラボーは目の動きで注意を促した。タレイランは窓の向こうを仰いでから、ひとつ頷《うなず》きを返した。ああ、そうだね。さっきは門前に馬車を寄せるにも、やはり一苦労させられたよ。

やかましいのは屋内だけではなかった。パリの人々がショッセ・ダンタン通りに押し寄せ、ミラボーの屋敷を隙間《すきま》なく取り囲んでいた。

もちろん、襲撃して、なにかの罪を懲らしめようというのでなく、議会随一の雄弁家、国政の第一人者の容態を心配しての話である。

——とはいえ、重体がラ・ファイエットでも、連中は同じだろう。

付和雷同に定見なく、そのかわりに直情的で、動き方が極端という、まさに典型的な大衆だった。ミラボーは思う。つまりは、これまた女子供と同じだ。

相手にしないというつもりはない。むしろ女子供こそ相手にしなければならない。けれども、男のほうからは軽んじられ、完全に無視されるとするならば、これまた無念な話といわざるをえなかった。

——王家は……。

もちろん、その宮廷秘密顧問官の健康について、まるで無関心というわけではなかった。その筋のラ・マルク伯爵は訪ねてきた。メルシィ・ダルジャントー伯爵も見舞いの使者を遣わした。が、それも王族となると、暗号化された署名で手紙を寄せたのは、またしてもフランス王妃マリー・アントワネットのほうだった。

——フランス王ルイ十六世は……。

死の床にあるミラボーは、必ずしも心が明るいわけではなかった。いくらか気分が沈んだ機微を目敏《めざと》くも捕えたらしく、タレイランは踏みこんできた。

「ミラボー、静かに養生したらどうだい」

「俺のことを心配するか。とすると、神父として臨終の懺悔《ざんげ》を聞く気はないのか」

「そんなの、やったこともない」

「はは、そうか。なるほど、そうだろうな」

そう笑いで受けるも、数秒ミラボーは口を噤《つぐ》んだ。再び開いたときには、もう無理に明るく振る舞おうとは思わなかった。

「タレイラン司教猊下《げいか》と二人にしてくれないか」

ミラボーは声を大きくした。それだけで息を荒らげながら思うに、自慢にしてきたバリトンの響きも、今や見る影なくなったなと。

それでも優しい見舞いや看護の人々までは、かろうじて届いてくれたようだった。

「ああ、外交の話をしなければならないのだ。イギリスの首相ピットの奴《やつ》を、どうやって懲らしめるかという話だ。その詳細となると、国家機密の扱いになるからな」

言葉を続けるまでもなく、人々は隣室に引き揚げたろうが、それでも続けなければ、なんだかミラボーの意地が済まなかった。いや、馬鹿らしいか。そんなのは無駄なばかりか。

「ああ、タレイラン、俺の身体《からだ》のことなぞ、いくら心配しても、無駄なばかりさ」

と、ミラボーは話を改めた。

「治らないってことかい」

そうタレイランに確かめられれば、枕《まくら》のなかで頷いてみせるしかなかった。ああ、治らない。騙《だま》し騙しにも続かない。今だって、こうして話していられるのは、阿片《あへん》で痛みを誤魔化《ごまか》してもらっているからだ。

「二月の末から、こうだ。ああ、あのとき倒れて、それで自然と覚悟した」

より正確な日付をいえば、二月二十八日、昼間は議会で亡命禁止法に反対し、夜はジャコバン・クラブの連中と悶着《もんちゃく》を起こし、宮廷筋のフェルセン伯爵に訪《おとな》われたあげくに、ミラボーは帰りの馬車で気絶していた。

慢性的な発熱と、数分おきに高まる腹痛の波に襲われながら、ただ立つのも困難という状態で、終日の無理を通した報いだった。

幸いにして車中であり、しかもショッセ・ダンタン通りの近くだった。屋敷に運びこまれて、間もなく医者も駆けつけたので、一命は取り留められた。が、数日というもの生死の境をさまよい、あちらの世界に半歩くらいは踏みこんだということなのか。再び目が覚めたときには、もうミラボーは諦観していた。

「ああ、今度こそ駄目だと、自分でも驚くくらい、あっさり承知できたのさ」

タレイランは何度か目を瞬《しばたた》かせた。ちょっ、ちょっと待て。二月の末だって。

# 21——最後の仕事

「一月《ひとつき》から前の話じゃないか」

「そうだ」

「だったら、ミラボー、どうして休まなかった。どうして議会に出続けた。なんだって、そんな無茶をやらかしたんだい」

タレイランは声を裏返らせた。己の死を確信しながら、なおミラボーが働きづめで日々をすごしたことは事実だった。神の気まぐれとしか思われない薄弱な理由から、たまたま生のほうに転げ戻るを幸いとして、もう三月三日には再びの演壇に立ったのだ。

タレイランは奇妙な声のままで続けた。

「二月の末で死を覚悟するくらい悪かったんなら、あんな、貧困層の老齢年金制度なんか、議会に提言している場合じゃなかったろう。それこそ、どこかの老いぼれなんかより、自分のほうが先が短いというんだ。医者に囲まれながら、絶対安静でいるべきだったろう」

「はっは、なにも老齢年金ばかりに、かかりきりだったわけじゃない」

「摂政法《せっしょうほう》の審議かい。あれだけは介入せざるをえなかったというわけかい」

三月二十二日、それは憲法制定上の課題として、委員トゥーレの問題提起に応じた審議だった。が、議論が始まるや、とたん左右の綱引の体になった。国王が死亡して、かつ王位継承者が未成年であるときは、摂政が立てられなければならない。それを定める際に採られるべきは、血統原理か、法定原理かで、議場は二分されてしまったのだ。

それはルイ十六世が倒れたときに、誰が執行権を代表するのかという、具体的な政治の問題でもあった。

法定原理が採られる、つまりは議会が摂政を決められるとなれば、そのときはラ・ファイエットでも、バイイでも、それこそタレイランでも、適任者を随意に選ぶことができる。けれど、旧来通りの血統原理が採られるなら、摂政には自動的に王族が就く。のみならず、最優先で権力を握ることができるのは、未成年の王の母親である。

タレイランは肩を竦《すく》めてみせた。はん、オーストリア女も嫌われたものさ。

「けれど、マリー・アントワネットが摂政になれるなれないは、法律の問題じゃないよ。政治力の問題さ。法定原理が採用されたとしても、あの王妃を摂政に担げるだけの力ある政治家さえいれば……」

「いなくなるのさ、じきに」

と、ミラボーは答えた。ハッとした顔のタレイランに、さらに続けた。はん、絶対安静で養生するだなんて、それは助かる見込みのある奴《やつ》がすることだ。不治と観念したならば、あとは延命治療でしかない。どのみち避けられないというのに、馬鹿らしい。

「仕事ができなくなるなら、それのほうが無念さ。その時点で死んだも同じさ」

「というが、ミラボー、君の場合は仕事だけじゃなかったろう」

「オペラ座の踊り子たちのことか」

やはり弱々しいながら、今度のミラボーは苦笑だった。事実として三月二十五日の夜、ラ・クーロンとアイルスベールという、舞台映えすることでパリでも評判の美女たちを、二人いっぺんにショッセ・ダンタン通りに連れこんでいた。三人で一夜をともにした顚《てん》末《まつ》は、盟友ブリソの新聞紙上に「女たちは二人とも満足させられた」と一種の武勇伝として報じられたが、そのことで新たな醜聞を巻き起こすことにもなっていた。

「背徳の放蕩《ほうとう》貴族にして、破廉恥《はれんち》なポルノ作家ミラボーだなんて、今さら昔の汚名を取り戻すこともないだろうに」

「ははは、今日はどうした、タレイラン。いよいよ本物の神父みたいだぞ」

「本物なんだよ、残念ながら」

「そうだったな。いや、まあ、俺《おれ》の場合は女道楽も仕事のようなものだからな」

「ミラボー人気の一端は、確かにモテることにあるのかもしれないが、それにしたって、無理が祟《たた》って倒れちまえば、神罰だなんていわれるだけじゃないかね」

　損なばかりじゃないかね。そうタレイランが続けるのは当然だった。この死の床に通じる深刻な容態は二十六日、乱行の翌日に襲われた猛烈な腹痛に始まっていたからだ。引き続き週末を楽しもうと、仲間を引き連れて向かったアルジャントゥイユ、新たに手に入れた城館付きの豪奢《ごうしゃ》な地所での出来事であれば、下世話な妬《ねた》みやっかみもあいまって、いよいよ世人の酷評も容赦なくなったのだ。

「それも、まあ、いいさ。ああ、ミラボー人気も少しは落ちてもらわなくては。今だって屋敷のまわりに人が詰めかけて、往来を遮るほどなわけだからな」

「だからって、自分で自分を貶《おとし》めることはないよ」

「いや、貶めるべきなんだよ。というのも、人気絶頂のままで死んだら、あとに残されたフランスは淋《さび》しくてならなくなるのじゃないか」

「かもしれないね。あんな状態でも議会に威を振るえたわけだからね」

　恐らくは三月二十七日の話だった。その日は日曜にもかかわらず、急遽《きゅうきょ》議会が開かれることになった。雄弁家の留守に乗じた姑息《こそく》な狙《ねら》い撃ちの感もないではなく、だからこそ、許してなるかとアルジャントゥイユからパリに戻り、トカイ酒を呷《あお》ることで無理にも自分に活を入れると、ミラボーは議場に立ってみせたのだ。

「いつも通り、君の友達思いには感心させられたよ」

と、タレイランは続けた。二十七日の議題というのが鉱山採掘権に関するもので、それは国家に属するものか、鉱山を含む地所の地主に属するものかと、かねて議会の意見が二分していた。所有権の神聖を声高に叫びながら、ミラボーが地主の権利を擁護したというのは、友人ラ・マルク伯爵がカレー近郊に有している、アンザン炭鉱の利権を確保してやるためだった。

「結局は地主の権利が認められて、ということは君の勝利だったしね。けれど、はは、ミラボー、はからずも剛腕の健在ぶりを示してしまったから、またぞろ慌てて悪い評判を取ろうとしたと、さすがに、そういうわけではないんだろう」

ミラボーは再びの苦笑だった。だから、それも仕事のうちだといったろう。

二十七日夜、とんぼ返りでアルジャントゥイユに向かい、荷物をまとめて二十八日、改めてパリに戻る間も体調は最悪だった。が、ショッセ・ダンタン通りの屋敷で中国式風呂《ふろ》、つまりは熱い湯に全身を浸《つ》けるという入浴法を試してみると、なんだか身体が楽になった気がした。調子に乗って繰り出したのが、イタリア歌劇場だったのだ。

そこで歌うプリマドンナ、モリチェーリも愛人のひとりだった。その美声に酔いしれるのも悪くないと、桟敷席に着いたところ、もう一幕目でがたがたと震えが来た。ミラボーは中座を決めたが、急な話で馬車の手配がつかなかった。ショッセ・ダンタン通りは近所だからと、よろよろ歩いて帰宅したあげくが、玄関前に無様に倒れて、吐血することになってしまったのだ。

この無理が最後の引鉄《ひきがね》を引いたらしく、そのまま死の床に至っている。

こちらが意識をなくした間に、医者が何人も駆けつけたようだった。瀉血《しゃけつ》療法、芥子《けし》泥療法、発泡薬療法と、様々に手も尽くしたらしいが、やはり治しようなどはなかった。個々の医者で診断は異なりながら、腎炎《じんえん》、胃炎、肝炎、リンパ性心膜炎と、挙げられた症状は派手なものばかりであり、つまるところは梅毒の末期なのだと切り捨てる輩《やから》までいて、いずれにせよ、もはや生きられようなどないことが確かめられただけだった。

「まあ、やるだけのことはやったさ」

と、ミラボーは仕切りなおした。実際のところ、この一月は悪くなかった。先のことを考えて、やりたいことも自重するなんて、そんな腹立たしい思いに耐える必要もなかったし。

「さっきまで公証人も来ていたのだ。遺言も作ってもらった。大したものは遺《のこ》せないが、息子に、姉に、甥《おい》に、姪《めい》に、それから愛人たち、友人たちと、思い出の品なりとも分けようとすると、それはそれで随分な枚数になるようだったな」

「そうして、あと残すは、このタレイラン・ペリゴールと会談することだけだと、そういうわけだったのか」

タレイランが受けて続けた。こちらが呼んだのは事実だったが、ミラボーとしては少し複雑だった。相変わらず、自意識過剰な男だ。特別扱いが当然だと思っているのだ。

「うん、人生の最期を飾る相手と頼まれれば、この私だって邪険に断りやしないよ。うん、うん、他の軽輩じゃあ、さすがに締まらないだろうしね。それにしても、ミラボー、君ときたら自分の死に様まで演出することはあるまいに……」

「できることなど、もう限られているものでな」

勘違いを正すのも面倒なので、そのままミラボーは先に進めた。痛み止めの阿片《あへん》とて、どれだけ続いてくれるものか。

現に半身を起こしただけで、ふわふわと身体《からだ》が覚束《おぼつか》ない感じだった。本当に指に力が入るだろうかと、我ながら半信半疑で枕元《まくらもと》の卓から取り出し、なんとかタレイランに手渡したのは、ずしりと分厚いばかりの紙片の束だった。

「これを議会で読み上げてほしい」

「なんだい」

「ひとつは相続法に関する私の見解だ。審議半ばだったからな。いかなる場合においても、長子相続の原則は守られるべきだと主張してある」

「なるほど」

「あとは政治的遺訓のようなものだ」

「それを読み上げろと。ああ、わかった。ああ、君ほどの有力者が故人になったとなれば、遺訓を聞きたいと思う議員は少なくないだろう。私が提案すれば、発表の許可も簡単に得られるだろう。けれど……」

「死人の言葉など誰が聞くかと、そういう心配か、タレイラン」

「はっきりいえば、まあ、そうだね」

ミラボーは苦笑した。本当に、はっきりいう。さすがタレイランは思いやりがない。せめてもの意趣返しが、大貴族のくせにと皮肉を仄《ほの》めかすことだった。

「タレイラン・ペリゴールともあろう、名家に生まれた有力議員が読み上げても、やはり駄目かね」

「はん、最近の私ときたら、ますます評判悪いからね」

そう零《こぼ》しながら、タレイランは本当に重苦しい溜《た》め息だった。もちろん、ミラボーとて理由は察せないわけではない。いうまでもなくというか、教会改革が難航しているのだ。

シスマは解決の兆しもなかった。憲法に宣誓する聖職者も思うように増えていかない。のみかフランスの宣誓拒否僧の動きに意を強くしたか、ローマ教皇ピウス六世は三月十日、それまでの不鮮明な態度を一変させて、回勅「クオド・アリクアントゥム（少なからずが）」を発表した。

三月二十日にパリに届けられてみると、聖職者民事基本法を声高に非難する内容だった。しかも「オータン司教」の振る舞いに懊悩《おうのう》している旨まで、はっきり伝えられたのだ。

つまりは立憲司教の聖別が、ローマの逆鱗《げきりん》に触れていた。にもかかわらず、こちらの議会も変わらず強硬姿勢なのだ。宣誓僧と宣誓拒否僧の一覧作成を決議しては、またぞろタレイランにパリの立憲司教ゴベルの聖別を命じたのだ。

破廉恥行為も一度ならずかと、いうまでもなく反対派は怒り狂う体《てい》である。ローマ教皇庁のみならず、フランス国内の宣誓拒否派までがタレイランこそ怨敵《おんてき》であるとして、いよいよ本格的な暗殺計画を立てたとか立てないとか。

「だから、本当に、なんともならないのかい」

「なんの話だ、タレイラン」

「君の病気だよ」

ミラボーは溜め息を吐《つ》くのも億劫《おっくう》だった。やはり、そういうことか。珍しくも神父面して、俺の身体のことなど案じてくれたと思えば、やはり、そういうことなのか。

「このまま俺に死なれては、自分が困ると、そういう話か」

「いうまでもない。君に死なれてしまったら、一体どうなるんだい、この私は」

認めるに悪びれることなく、タレイランは臆面《おくめん》なかった。ミラボーは嘆息ながらに思う。このへんが唯我独尊の大貴族らしく、かえって羞恥《しゅうち》の感覚が薄いところだ。自分にしか価値を見出《みいだ》せないからには、自分のことしか考えられないことにも疑問は覚えない。あげくが無神経で乱暴なことばかりしでかすくせに、問題解決の力があるわけではない。偉そうに指図はしても、組織を動かす指導力があるでなく、大衆を操るカリスマ性を備えるでなく、結局は誰かに頼るだけだ。が、自分には助けられるだけの価値があるのだと、強烈な自意識が依然として揺るがないかぎり、その無能とて決して恥じ入るものではない。ああ、この男に矛盾があるわけではない。

「にしても、死にゆく者の床でいうか」

「ん、なんだい、ミラボー」

「だから、きさまは、少しは他人のことも考えたらどうかというのだ」

呆《あき》れて苦言しながら、それでも腐れ縁だからとミラボーは怒らなかった。ただ、こちらの御《お》ひとよしにしても、いうべきことはいわせてもらう。

# 22――忠告

「タレイラン、今度こそ窮地だぞ」

見開かれた旧友の目に、ミラボーは頷《うなず》いてみせた。ああ、シスマは深刻の度を極めている。下手《へた》をすれば、百年の混乱さえ招きかねない。となれば、こうまで事態を拗《こじ》らせた責任を、追及する声が上がらないともかぎらない。ひとたび上がれば、その矛先は十中八九、タレイラン、きさまに向けられることだろう。

「だから、俺《おれ》は忠告するのだ。タレイラン、この先において、きさまが取りうる最も利口な選択は、なんの主張もなさず、目立たず、声を上げることさえなく、ただ忘れ去られることだけに腐心しながら、有象無象に埋没していくことだと」

「はは、とすると、なにかね。ミラボーなくして、もはやタレイランの立つ瀬はないと、そういうわけかね。おいおい、私はメートル法の制定に力を尽くしているんだよ。各地ばらばらだったフランスの度量衡を整えようとしているんだよ。画期的な国民教育の制度も考案している。はは、これほどまでに有能な政治家であるにもかかわらず、あとの私は失脚するしかないと、あはは、そういう御説《おせつ》なのかね、ミラボー、君は」

「そうだ」

おどけた確かめまで突き放されて、あとのタレイランは虚空に目を泳がせるばかりだった。が、そのまま納得するほど、潔い質《たち》ではない。

ミラボーが看破した通り、さすがの悪友は再び口を開くときまでには、ゆらゆら揺れていた双眼を、しっかり落ち着かせていた。じっと凝視していたのは、託されたばかりの紙片の束だった。ああ、ミラボー、これは政治的遺訓といったね。

「君が生きていられたら、私の浮かぶ瀬くらいはあったんだろうね」

「もう生きられない。だから、そんな遺訓など、ろくろく耳も傾けられない。が、この俺が仮に生きていられたなら、ああ、タレイラン、十分にあったろうな」

答えてやると、タレイランは俯《うつむ》き加減で少し考えた。その顔が上げられると、今度はミラボーが驚かされる番だった。

「ルイ十六世に亡命計画があるのかい」

「…………」

「全ての聖職者に憲法への宣誓を強いるって法律、あの批准を王に迫りに、ボワジュランなんかと一緒にテュイルリに詰めたときの話さ」

タレイランは明かした。ルイ十六世は署名したわけだけど、不承不承という様子でね。側近というか、いたろう、王妃の恋人なんじゃないかとか噂《うわさ》されたスウェーデン人、あのフェルセンのところまで歩いていくと、不機嫌顔で吐き捨てたんだよ。

「こんな国の王でいるくらいなら、メッスの王になったほうがマシです、なんてね」

「…………」

「亡命計画があるのかなと思ったんだけれど、そのときは実行されることなんてないだろうって、すぐに忘れてしまったのさ。だって、ミラボー、宮廷秘密顧問官たる君が号令をかけないかぎり、ルイ十六世は動けないわけだろう。ところが、だ」

「俺はなにもしていないぞ」

「したさ。三月二十二日の議会で、陸軍大臣デュポルタイユを批判したじゃないか。オーストリア軍の国境侵犯を許すつもりか、なんて凄《すご》んでみせながら、東部国境に兵力増派を働きかけたじゃないか。あれって、要するにブイエ将軍が動かせる兵団を増やそうとしたんだろう」

とりあえず、ミラボーは沈黙を通した。言葉を選べと自戒を余儀なくされるほど、タレイランの読みは鋭いものだった。

事実、フェルセン、ラポルト、ブイエというようなルイ十六世に近い面々は、現下東部国境からの国外脱出を計画していた。もちろん、連中の好きにさせたならば、事の成否は定かではない。それでも自らが死にゆこうとしている今、せめてもの援護は残してやりたい。そういう意味が三月二十二日の議会発議にあったことも、タレイランが看破した通りである。

「しかし、それは俺が立てた計画ではないのだ」

「ということは、ミラボー、君も考えていたのかい、ルイ十六世の亡命を」

ミラボーは頷いた。が、それは亡命ではない。ああ、俺ならフランス王ともあろう御《ご》仁《じん》に、こそこそ逃げるような真似《まね》はさせない。

「やるなら、クー・デタだ」

「クー・デタだって」

「ああ、そうだ。陛下には白昼堂々の行進で、パリを退去してもらう。国外に出るまでもなく、ルイ十六世が向かう先は、そうだな、ノルマンディあたりが適当かと考えていた」

「おいおい、全体どういう話なんだい、それは」

「陛下にはノルマンディに臨時政府を樹立していただくのだ。そこで憲法制定国民議会の解散と、新しい議会の設立ならびに新しい議員の選出を、高らかに宣言してもらうつもりだった」

「………」

「もちろん、そうするためには現議会を不適格として退けなければならない。もはや国政の舵《かじ》を取る資格なしと、かかる理屈の正しさをフランス国民に認めさせなければならない。さもなくば、そもそものパリが国王の退去など認めてはくれないだろう」

「というが、どう唱えても認めないだろう、パリは。それどころか、かつてバスティーユを陥落させた勢いで、今度はテュイルリを襲うだろう」

「なお議会のほうが正しいと思えれば、な」

「もう駄目だと見限る理由があるのかい」

「ある」

「あるとすれば……」

なにか気づいたか、タレイランは言葉を呑《の》んだ。それきり、あんぐり大きな口を開けた。ミラボーは枕《まくら》のなかから大きく頷いてみせた。

「そうだ。現議会は教会改革に失敗した。シスマを起こして、フランス国民の生活を混乱させながら、これを解決する術《すべ》を持たない」

事態の悪化を横目にしながら、自らは積極的な動きを取らなかった理由が、それだった。ボワジュランら聖職者団が希望する、フランス教会会議の設立も、議会で否決されるがままにした。問題が拗れても、あとの始末を無能なタレイランに押しつけた。それもこれも、国民が議会を見限られるだけの汚点を作るためだったのだ。

「もっともパリの場合は、専らの怒りは経済政策の失敗に向けられるかもしれないが」

とも、ミラボーは続けた。ああ、教会財産を担保にしたアッシニャにしても、債券でなく紙幣としての流用が告知されるや、暴落の一途を辿《たど》っている。責任閣僚のネッケルが辞任したくらいでは済むまい。なにせ議会は右だ、左だと勝手に分かれて、今も議事を混乱させるだけだというんだからな。

「そう思うんだったら、ミラボー、もっと君が……」

そう返しかけて、タレイランは止《や》めた。あとの言葉を続けてしまえば、自分の無能を認めることになるからだった。のみならず、その無能こそ教会改革を失敗させるためには不可欠だと、不本意な意味において、かえって見込まれていたというのだ。

――これほど屈辱的な話もあるまい。

こみあげるのは悔しさばかりであるはずだった。が、そこは腐れ縁の旧友の話であり、ミラボーなりの読みはあった。タレイランは自尊心の塊《かたまり》だ。自分が軽んじられるという話など、まず信じることがない。薄々は感じていても、ぎりぎりまで認めない。

現にタレイランは早くも立ち直りの様子だった。なお強張《こわば》りを隠せないながら、一応は余裕を気取る笑みで続けた。いや、まいったなあ。そんなことを考えていたなんて、ミラボー、本当にびっくりだなあ。

「で、そのクー・デタ計画だけど、もし実行する段になっていたら、もちろん、この私も一枚嚙《か》めたんだろうね」

ミラボーは苦笑ながら、それでも頷いてやった。ああ、これも冥途《めいど》の置き土産《みやげ》だ。ああ、そのつもりでいたさ。

「そのときはタレイラン、おまえに……」

「まて、まて」

と、タレイランは手を出した。不愉快な評価なら聞きたくない、傷つく前に自分でいってしまうというのも、この大貴族の常だった。いや、わかる、わかるよ。

「臨時政府の首班はミラボー、もちろん君がやるんだろう。具体的には内務か、財務の大臣になるとして、私のほうはといえば、そうか、外務大臣というところだね。けれど、君は健康面の不安がある。長期政権となると、さすがに荷が勝ちすぎる。だから、ほどなく私が首班を受け継ぎ、タレイラン内閣を組閣すると、そうか、そういう計画だったんだな」

ミラボーは再び頷いてやった。ああ、ああ、だから、これも冥途の置き土産だ。子供のように相好を崩しながら、タレイランは唸《うな》り続けた。そうか。そうだったのか。いや、惜しかったなあ。全容がわかるほどに捨てがたいなあ。そうした独白を聞けば、またしてもミラボーは思わずにいられなかった。ああ、正すべきは正す。

「それでも俺が死んでしまう今となっては、全てが万事休すだ」

「そうかなあ。いや、もう君が絵を描いているわけだから、あとは……」

「あきらめろ、タレイラン」

「けれど、やらなければ、きっと王家にしたって、もう立つ瀬がないよ」

「そうだな」

「いいのかい、それで」

「いいも、悪いもない」

答えながら、ミラボーは天井をみつめた。こみあげるものがあったが、それを男子たるもの、外に零《こぼ》してみせるべきではないからだった。

タレイランがいうように、自分がいなくなれば、もう王家は飾りも同然になる。けれど、だからといって、なにも嘆くことはないのだ。

「この胸に閉じこめて、俺は王政の死というものを冥途に持ちさる。諸派の餌食《えじき》にされるのは、その残骸《ざんがい》にすぎないのだ」

タレイランは少し黙った。これで勘所を押さえることだけは冴《さ》えた男だ。理解するべきところだけは、きちんと理解したようだった。それにしても、残念だなあ。クー・デタか。うん、うん、わかった。しばらくは大人しくするとして、ミラボー、君に代わる人材をみつけた日には、そのときこそ私は試してみるよ。

「クー・デタでの政権奪《ぶ》取をね」

そうタレイランに打ち上げられると、馬鹿な冗談で片づける気になれなかった。なにせ優男《やさおとこ》の顔をしながら、なんとも乱暴な真似を、しかも軽い気分でやってのける男なのだ。さすがのミラボーも苦笑を強張らせたときだった。

「ロベスピエール議員がおみえです」

新たに執事が告げてきた。お通ししろ。ミラボーが命じたそばから、タレイランが口を尖《とが》らせた。ロベスピエール議員だって。あのジャコバン・クラブの小男かい。

「なんだって、あんな奴《やつ》が来るんだ」

「呼んだのさ」

「この私と同じに、君が直々に声をかけて……。けど、なんだって、あんな小物を」

ミラボーは大きな枕のなかで、ゆっくりと首をふった。いや、いや、ロベスピエールは小物なんかじゃない。

「それどころか、あの男は遠くまで行くぞ。なにせ自分の言葉を、そっくり信じているからな」

「そうなのかい」

「きさまも感じているだろう、それくらい」

だから、タレイラン、挨拶《あいさつ》くらいしていけ。ことによると、おまえの立つ瀬があるかもしれないぞ。続けていると、がやと隣室の騒ぎが大きく聞こえた。が、それも一瞬のことで、再び閉じられた扉の前には、大人の男にしては小さな影が新たに現れていた。

# 23——別れ

「ロベスピエール議員、こちらはタレイラン議員。タレイラン議員、こちらはロベスピエール議員」

その身を寝具に沈めたまま、ミラボーは紹介の労をとった。その実は引き合わせるまでもなかった。ロベスピエールにせよ、タレイランにせよ、それなりに議会で名前を知られている議員だったし、なにより自身が前にも紹介したことがあった。が、それは形ばかりだったのだ。それから親しく打ち解けた様子はみられなかったのだ。

「弁舌の冴《さ》えには、いつも聞き惚《ほ》れておりました」

始めたのはタレイランだった。その実は気位が高いくせに、同時に如才ない社交もこなせるところ、さすがは大貴族の末裔《まつえい》というべきか。あるいは中身の傲岸《ごうがん》不遜《ふそん》を補うために、自然と身についた技術なのかもしれないが、してみると非常に残念なことに、ときに卑屈とみえてしまわないこともない。

「ええ、ええ、ロベスピエール議員の演説は、論理に矛盾というものがありません。譬《たと》えていえば、優れた建築物の趣ですな。決して崩れることのない、高度に合理的な構造を備えているからこそ、秀でた機能性だけが持ちえる、ある種の美が生まれるのだというべきか」

「演説するに、私は技術論を優先するわけではありませんが……」

「ええ、ええ、そうでしょうとも。もちろん、です。ええ、もちろん、ロベスピエール議員の演説の魅力といえば、なにより先に理想に燃える熱意を挙げなければならない。巷《ちまた》に『不屈のロベスピエール』と名のあるがごとく、熱意こそが聴衆の胸を打つ一番の力なのだと、そこを否定しようというつもりは露ありません。ただ私のような不調法者からすると……」

「タレイラン議員も演説下手ではあられますまい」

「おや、私を御存知であられましたか。これは光栄でございます」

「存じ上げておりますよ、もちろん」

そう答えたきり、ロベスピエールには先を続ける様子もなかった。

あなたの演説も素晴らしいとか、教会財産の国有化を訴えた演説は記憶されるべきだとか、さらに一言、二言でも続けてくれれば、きっかけにして会話も弾みそうなところである。にもかかわらず、ロベスピエールときたら、お喋《しゃべ》りを楽しみに来たわけではないといわんばかりのつれなさなのだ。こちらはこちらで熱血の法曹らしく、正論で世を渡ることに馴《な》れすぎて、上辺の愛想などは無意味と専断しているようなのだ。

——ある意味では誠実なのだが……。

ミラボーは溜《た》め息を吐《つ》いた。紹介の必要もない紹介を試みて、実は間を取り持ちたいとの腹がないこともなかった。

ロベスピエールとタレイランは、まさに水と油である。他人との関わり方が違うというだけではない。

かたや孤児育ちながら、優等生として胸を張り続けてきた男。かたや大貴族の御曹司《おんぞうし》ながら、足の不自由のために日陰者の屈託を余儀なくされてきた男。

かたや現実を無視してまで、理想を貫こうとする男。かたや理想など道具にすぎないとして、なにより現実を手玉に取りたい男。

かたや公理しかない男。かたや我欲しかない男。

水と油ながら、いずれも凡百に抜きん出た個性であることは間違いないのだ。だからこそ、ミラボーは惜しむのだ。タレイランとロベスピエールを足して二で割れば、まさに理想的な政治家ができるのになあと。

この二人では混じり合わない水と油も、すぎるらしかった。わけてもロベスピエールは取りつく島がない。仕方がないと、ミラボーは目で合図した。タレイランは了解したようだった。

「それでは、また議会でお会いいたしましょう」

また一瞬だけ女子供の嬌声《きょうせい》が聞こえてきた。自らの死の床を見下ろしている、その小さな影と二人きり、再び静けさのなかで向き合えるのだと、そうして今生の別れとすることができるのだと、十分すぎるくらいに了解できるのを待ってから、ようやくミラボーは口を開いた。

「やあ、ロベスピエール君、元気そうだね」

「伯爵のほうは、残念ながら具合が優れないようですね」

「みての通りだ」

「よろしいのですか、休んでおかなくて」

「いいさ。どのみち死ぬのだ」

ぎこちなさは変わらなかった。タレイランのような愛想は、こちらのミラボーまでが使うつもりがないだけに、いっそう空気が硬直したともいえる。

沈黙が続いた。その息苦しさに耐えきれなくなったか、先に話を改めようとしたのは、意外やロベスピエールのほうだった。お呼びと聞いて、お伺いしました。伯爵、この私に話があると仰《おっしゃ》るのは……。

「君はピカルディ出身だったね」

相手を遮りながら、ミラボーは強引に話を飛ばした。ロベスピエールは困惑の様子ながら、それでも相手の無礼に怒るでなく素直に答えた。え、ええ、アルトワ管区の選出ですから。

「ええ、アラス市の生まれです」

「北国だな。極寒の土地柄となると、さすがに厳格なものになるのか、ピカルディの気風というのは」

「御言葉《おことば》の意味が測りかねますが」

「意味なんかないさ。ただ君の気難しげな顔を眺めているうち、とある人物のことが思い出されてきたんだ」

「それがピカルディ州の出身だったと。で、その人物とは、どなたのことです」

「ジャン・カルヴァンさ。最後はスイスのジュネーヴで神権政治を敷いたが、あの人物も生まれはピカルディだったろう」

ロベスピエールは頷《うなず》いた。ええ、そうです。十六世紀の世を席捲《せっけん》した宗教改革者、腐敗を極めた当時の教会をまっこう非難したあげく、ついにはカトリック信仰を捨て、新たにプロテスタント信仰を打ち立てた開祖、ドイツのマルチン・ルターに並ぶ他方の雄ジャン・カルヴァンは、ええ、ええ、確かにピカルディ州の出身です。

「ピカルディの人間が皆カルヴァンのように厳格なのかと、そんな風に考えたことはありません。けれど、少なくとも私自身についていえば、カルヴァンと同じにカトリック教会を擁護する気にはなれませんね」

「だろうな。君も聖職者民事基本法の熱心な賛成推進派だものな」

「無論です。というか、ああ、そういうことですか」

「なんだね」

「つまりは、そうやって、あらかじめの釘《くぎ》を私に刺したのかと。ミラボー伯爵は王家に引き続き、今度は教会の擁護なのかと」

「はは、だから、私に今度はないのだ」

そう答えを返すと、ロベスピエールはハッとした顔になった。失言だったと悔い、真面目《まじめ》は馬鹿がつくほど真面目な性格だけに、そうした自らの過失を許せないとも思うのだろう。

恥じ入るように面を伏せると、口ぶりは取り繕うものに一変していた。が、それも吐き出された言葉の内容となると、やや唐突な印象が否めなかった。いや、論敵が消えれば、これからの議会は楽になると、そんな風に思っているわけではありません。ええ、伯爵が亡くなられるようなことがあれば、私とて残念に思わないではないのです。

「というのも、私は伯爵のことを尊敬していましたから」

「私とて、ロベスピエール君のことは高く買ってきたつもりだ」

「距離を置いたのは、おまえのほうではないかと、そう仰りたいのですか」

ロベスピエールは少し興奮してきたようだった。そんなつもりはありませんでした。実際ええ、なかった。ですから、ジャコバン・クラブが拒否したわけではないのです。実際に伯爵は代表《プレジダン》に選出されているわけです。いや、それは関係ないか。

「私自身のことをいえば、やはり距離を置こうとしたのかもしれません。『ミラボーの猿』などと呼ばれて、半人前に扱われるのが癪《しゃく》だったし、それよりなにより、伯爵、あなたは変わられた。御考《おかんが》えが途中から、わからなくなってきた」

「例えば、どういう」

「例えば、人権宣言の採択に反対したり、封建制の撤廃に冷笑的だったり……」

「反革命の意図からではなかったことは、理解してもらっているね」

「それは反革命とは違うかもしれませんが、様々に国王を擁護なされたことは事実だ。拒否権から、宣戦講和の権限から、もちろん個々の問題を取り上げて、いちいち議論を詰めていけば、反革命ではないとわかります。けれど、全体を眺めたとき、やはり私は違和感を禁じえないのです。伯爵の政治というのは、一言でいえば……」

「甘い、かね。それとも生ぬるい。あるいは中途半端。はたまた不透明」

「そうはいいませんが……」

「ほどがよいのだよ、私の政治は」

ミラボーは自分から答えて出た。ああ、確かに甘いが、その甘さに浴せない人々にも、それくらいなら、まあ、いいかと大目にみさせる甘さに留《とど》まる。余人を責める分には生ぬるく感じられる理屈も、いざ自分に矛先が向いたときと考えると、大方が認めざるをえない。君が中途半端と罵《ののし》る施策が、別の立場からすると、賢明な中庸にみえたりもするのだ。ただ、それを不透明であるとか、不潔であるとかいわれてしまうとなあ。

「確かに、それを許せる人間じゃないな、ロベスピエール君は。ああ、わかっていた。だから、距離を置かれても、あえて引き止めようとはしなかった。どうでもよい輩《やから》だからと軽んじたわけではなく、君のことは変わらず買っていたのだが、それでも……」

「どういうことです。私が不透明や不潔を許せない人間であるというのは」

「だって、不純なものが嫌いだろう。どんどん純化していかなければ、気が済まないだろう。できなければ、自分でも、他人でも、たちまち堕落したと感じてしまうだろう」

「…………」

「北国の空気のように、一点の濁りなく、一片の弛《ゆる》みなく、一徹な透明感を保つまま、ぴんと張り詰めていなければ嫌なのだ。ピカルディの人間が皆そうだとはいわないが、ロベスピエール君は間違いないだろう」

「ですか」

確かめる問い方に逃れながら、ロベスピエールは吊《つ》り上げた目尻を、みるみる紅潮させていった。自分でも思いあたるところがあるのだろう。ことによると、そういう潔癖な自分を、疎ましく感じることもあるのかもしれない。

ミラボーは続けた。いや、なにも悪いといっているわけじゃないよ。

「それどころか、ときには強みになるだろう。ああ、例えば口先の誤魔化《ごまか》しばかりという連中に対しては、まさに鋭利な切先《きっさき》となるに違いない。が、そうして尖《とが》れば尖るほど、善意の人間まで傷つけてしまうのだということも……」

「王族にも人権はあると、それはわかっているつもりです」

貴族にせよ今やフランス国民であり、生まれながらに自然に備わる権利を備えた、立派な市民なのであるとの大原則を、無視するつもりはないのです。遮りながら、ロベスピエールは一気に吐き出した。こちらのミラボーは腫《は》れた瞼《まぶた》で、何度か目を瞬《しばたた》かせずにはおけなかった。

ロベスピエールは続けた。ええ、私とて無知蒙昧《むちもうまい》の輩ではない。

「亡命の権利は万人に認められるべきなのだと、それが王族であれ、貴族であれ、変わらず認められるべきなのだと、その理《ことわり》は理解しているつもりなのです」

# 24――遺言

ようやくミラボーは理解した。ロベスピエールは二月末の議会論争を蒸し返したらしかった。が、そうと気づけば、あんなことを気にしていたのかと、やや驚かざるをえなかった。

ジャコバン・クラブの一員であり、また発議の積極推進派ではあったのかもしれない。が、ロベスピエールが先頭きったわけでなく、また自身が演壇に上がったわけでもない。それでも気にしていたというのだ。

ミラボーは笑みを誘われた。やはり他の半端な輩《やから》とは違う。この小男は純粋理想主義者も、とことん筋を通さなければ気が済まない本物なのだ。

「ええ、当然の話です。でなければ、人間の自由が脅かされてしまう。体制に迎合しないでは生きられない、亡命して思うところを訴えることもできないというならば、己の理想を語ることも、政治信条を唱えることも、もはや不可能になってしまうからです」

続けるロベスピエールは今や必死の体《てい》だった。ああ、まったく、大したものだ。そう感心し、感心できたことに安堵感《あんどかん》も覚えながら、なおミラボーは言葉を容赦するべきではないと考えた。ああ、ロベスピエール君、そこまでわかっているなら、だ。

「どうして、亡命禁止法なんかの提案を仲間たちに許したのかね」

「それは……」

「政争の具ということかね。つまりは私を追い落としたかったと」

「違います。大切なのは理想の実現で、権力を握ること自体は目的ではありません」

「ならば、保身のためかね。大衆の人気は失いたくない。政治家も、より有力なほうと結託したほうがよい。それもこれも理想を実現するためには、有利な立場で発言しなければならないからだと、そういう方便を設けながら……」

「三頭派はそうだったかもしれません。けれど、この私は違います」

「ならば、自由が侵される危険に気がつかなかったと。つい、うっかり見逃したと」

「というわけではありませんが……」

「大騒ぎするほどの問題ではないと、軽く考えて……」

「それも違います。ただ、今は非常時なのです。革命を守らなければならないのです」

「今のフランスにとって、確かに反革命は危険だ。が、それと並ぶ危険として、今から危惧《きぐ》されなければならないのが、独裁政治の始まりなのだと、そう私は議会でも訴えておいたはずだが」

「ですから、そうはなりません。ええ、独裁者にだけは絶対にならない。伯爵のお召しに応《こた》えて、私がお訪ねすることにしたというのも、それだけは伝えておかなければならない、きちんと答えて誤解を解いていただきたいと、そう考えたからなんです」

ミラボーは苦笑ながらに、枕《まくら》に沈んだ頭を左右にふった。独裁者という言葉が、よほど堪えがたかったようだ。取り消してもらわないうちは、断じて死なせやしないと、それくらいの勢いなのだ。

「けれど、ロベスピエール君、我々は独裁者にはならないと、そう声高に叫ぶだけでは、なんの弁明にもなっていないぞ」

「理由ならあります。独裁者による圧政の息苦しさを、我々ほど身に沁《し》みて知る人間もないからです。なんとなれば、革命を起こした側なんですよ。いいかえれば、つい先日まで抑圧される側だったんですよ。痛みを知る人間が他人に痛みを強いるなんて……」

「ありえるだろう。最も高圧的な体制となるのは、寸前まで反体制も極《きわみ》のところで目を吊り上げていた輩、昨今の政治用語でいえば、左翼の輩と相場が決まるものだよ」

「…………」

「カトリック教会に追われる身だったジャン・カルヴァン、あの誠意の宗教改革者もジュネーヴに支配を築くや、自分と意見を異にしたものを殺している」

ミラボーは薄笑いで続けた。だから、反革命と独裁政治は、どちらも今から恐れるべきだといっているんだ。どちらに傾いても、人民は不幸になる。王侯貴族が復権したり、あるいは革命の理想が十全に守られたり、そうした目的が遂げられることがあったとしても、このフランスが幸福になるわけではない。

「引き比べれば、すとんと腑《ふ》に落ちるだろう。私の政治が、ほどがよいというのは、そういうことなんだよ」

「けれど……、けれど、私だって、わかっているんです」

ロベスピエールは食いさがった。こうして現に真摯《しんし》な態度で、己を省みているじゃありませんか。はじめは確かに無頓着《むとんちやく》にすぎたかもしれませんが、その重要性にはっきり気がついてからは、自分の政治活動を問いなおしたじゃありませんか。

「独裁に走るのは、厳しい目で自分を総括するという自浄作用を働かせられなくなった輩でしょう。私は違う。あの二月二十八日の議会で、なにゆえ伯爵が亡命禁止法の廃案にこだわったのか、ええ、きちんと理解したうえで自分の考えを深め……」

「理解などしていないよ。ああ、少なくとも半分はできていない」

「そんなことはありません」

「いや、理解できていないさ。なんとなれば、二月末の議会で私の念頭にあったのは、独裁政治の危惧だけではなかった」

「他に、なにを考えておられたというのです」

「クー・デタさ」

と、ミラボーは明かした。ああ、そうだ。ルイ十六世をパリから退去させるつもりだった。亡命禁止法が成立しないかぎり、なんら違法と咎《とが》められる筋はないと、迎えの軍勢と一緒に堂々の退去を行い、地方で臨時政府の樹立を宣言してもらうつもりだった。

「私の計画では現議会の解散と新しい議会の召集も、同時に告知するはずだった」

「…………」

「不可能でないというのは、それも経済政策の破綻《はたん》、教会改革の失敗を取り沙汰《ざた》すれば、国民の支持を得られないではないからだ」

己《おの》が胸に温めていた秘策を、ミラボーは明かしてしまった。権力志向のタレイランだけでなく、理想家肌のロベスピエールにも、すっかり全て明かしてしまった。

あんぐりと口を開けた、驚愕《きょうがく》の反応は同じだった。が、それもロベスピエールの場合は、みるみるうちに険しい忿怒《ふんぬ》の相に変化した。その激しさはといえば、ぐぐと意味をなさない呻《うめ》きが唇から洩《も》れるだけで、すぐには言葉にもならないほどだった。

ミラボーはこちらから言葉にしてやった。ああ、そうだ。私の胸奥には秘策があった。もちろん、私自身は大臣にもなるつもりだった。このフランスで最高の権力を振るおうと考えていた。その全てを野心という、侮蔑《ぶべつ》の念が混じる言葉で片づけられてしまえば癪《しゃく》で、それというのも、それこそ已が理想の実現に他ならないからなわけだが、いずれと言葉を飾るにせよ、だ。

「それが自分の欲であることに、変わりはないな」

「ミ、ミラボー伯爵、あなたは……、あなたは……、あなたは卑劣だ」

「かもしれない。いや、そうだ。しかし、それは半分の私にすぎない。もう半分の私はフランスが恐怖の警察国家に落ちることを、そのとき本気で憂えていた」

「そんな都合のよい詭弁《きべん》があるか」

「あるんだよ。ああ、そういう真似《まね》ができるんだ、人間には。というより、清もあれば濁もあり、それを渾然《こんぜん》とさせながら一緒くたに抱え続けているのが、むしろ普通の人間というものなのだよ」

「認めない。だとしても、そんな人間は認めないし、そんな風になりたいとも思わない」

「いや、なってもらわないと困るんだ」

意味がとれなかったのだろう。その一瞬だけは怒りも忘れ、ロベスピエールは怪訝《けげん》な顔になっていた。ミラボーは枕のなかで、ゆっくり頷いてみせた。だから、なってもらわないと困るんだ。君のように向後《こうご》の革命を背負って立つべき人物には。

「ああ、もう少し自分のことを考えたまえ。もっと自分の欲を持ちたまえ」

「だから、そんなものは……」

「さもないと、じき独裁者になるぞ」

「……」

「己が欲を持ち、持つことを自覚して恥じるからこそ、他人にも寛容になれるのだ。独裁というような冷酷な真似ができるのは、反対に自分に欲がないからだ。世のため、人のためだからこそ、躊躇《ちゅうちょ》なく人を殺せる。ひたすら正しくいるぶんには、なんら気も咎めないわけだからね」

「しかし、私は自分にこそ常に厳しく接していたい。いや、それは私だけの話であってもならないはずです。なんとなれば、もう皆が立派な市民なのです。人権を与えられた自律的な存在であるからには、これからの世ではフランスの万民が常に自分に厳しく接し、また全ての振る舞いに責任を持つべきなのです」

「それは無理だ」

「どうして」

「人間は君が思うより、ずっと弱くて醜い生き物だからだよ」

「……」

「君が思うほど、美しい生き物ではない。とことん純粋な民主主義をやれるほど、強い生き物でもない」

「嘘《うそ》だ。そんなのは嘘だ。なによりの証拠に伯爵は強くて……」

「だとしても、醜いからね。醜い怪物だからこそ、よくわかるのだ、そのあたりの機微は」

そう結んで、ミラボーは寝返りを打とうとした。寝返りを打ちたくなどなかったし、でなくても激痛が襲いくる。それでもロベスピエールには背中を向けて、そろそろ話を切り上げなければならなかった。

「阿片《あへん》が切れてきたようだ」

少し休ませてもらうよ、とミラボーは背中の荒い息遣いを突き放した。正直いえば、まだまだ語り足らなかった。ああ、できることなら、このまま一晩でも、二晩でも、とことん語りあいたいのだ。

けれど、そんな時間は許されていなかった。ああ、伝えるべき話があり、伝えるに足る男がいる。それだけで幸せなのだと達観したなら、もう相手に顔は向けられない。だって、そうだろう、ロベスピエール。正面で向き合えば、また君は私に頼ろうとするじゃないか。が、もう私は死ぬのだ。どう足掻《あが》いても、いなくなってしまうのだ。

――あとは独りで歩いてゆけ。

いいか、ロベスピエール、これからは独りだぞ。そう声もなく続けた言葉が、きちんと相手に伝わるよう、あとのミラボーは何年ぶりかで神に祈ることにした。

# 25――パンテオン

ミラボーは死んだ。

オノレ・ガブリエル・リケティ・ドゥ・ミラボー伯爵――貴族身分が廃止された今や、単に市民リケティと呼ばれるべきでありながら、貴族身分が廃止されるに先がけて、第三身分代表の議席を占めたがゆえの特例か、その男は変わることなくミラボーと呼ばれ続けた。

迫力満点の巨漢は、雷ミラボー、聖ミラボー、フランスのアキレウス、革命のヘラクレス、なかんずく革命のライオンと、派手な異名を数知れず並べながら、かたわらではバリトンの優れて響く声をもって、議会随一の雄弁家としても世に聞こえた。

――そうした革命の名物男が死んだのだ。

事実は事実として、ロベスピエールも受け止めなければならなかった。享年四十二、ミラボーの正確な臨終日時をいえば、一七九一年、四月二日、午前八時半ということになる。

訃報《ふほう》が洩《も》れ伝わると、パリは騒然となった。ショッセ・ダンタン通りに群がる人出も前日に倍する勢いになり、その人垣の内側ではミラボーは毒殺されたのだと、暗殺を試みたのはラメット兄弟らしいと、そうした噂話《うわさばなし》までがまことしやかに囁《ささや》かれた。

――あらためて、人気のほどが知れる。

ミラボーが死んだなどと信じたくない、どうでも信じなければならないのなら、誰かのせいにしないでは気が済まないと、そんな具合に大衆心理は動いたものらしかった。あるいは平易に、フランス政界の第一人者を失ったのだという事実には、差はあれ誰もが動揺を禁じえなかったというべきか。

――毒殺などではありえない。

ロベスピエールはといえば、普段と変わらぬ真面目《まじめ》顔で周囲に説いたものだった。ああ、ミラボーは病死だった。残念ながら、嘘《うそ》偽りない事実だ。それはミラボー自身に、きちんと自覚ある死でもあった。

――それが証拠に死に顔をみるがいい。

希望すれば、全員が故人の亡骸《なきがら》を拝めたわけではなかった。仮に公開などしてしまえば、押し寄せる人波のあまり、ショッセ・ダンタン通りの屋敷が倒壊しかねなかった。が、そこは貴族の出というべきか、伝統的な慣習にのっとって、臨終を迎えたミラボーは、その死に顔を石膏《せっこう》で写し取られていた。

それが安らかな表情だった。公にされるや、人々は納得せざるをえなかった。

——というのも、微《かす》かな笑みまで頬《ほお》に湛《たた》えているようだった。

実際に微笑《ほほえ》んでいて、なんの不思議もなかった。秘書のひとりが伝えたところによると、その四月二日の朝、ミラボーは夜も明けないうちに目を覚まし、付き添いの医師カバニスに髭《ひげ》を剃《そ》りたいと訴えた。

「なんとなれば、友よ、私は今日死ぬ。そのときがきたら、できることなど限られているものだ。香水をつけ、花の冠をかぶり、楽の調べに包まれながら、つまるところは永遠の眠りに気持ちよく入っていくために、せいぜい工夫を凝らしてみるくらいのものだ」

すっかり用意が整えられたことに満足すると、ミラボーは時刻が八時を回る頃に、なにか紙のようなものを所望した。すでに声が出なくなっていて、力ない身ぶりのみで求めたわけだが、周囲の解釈は間違っていなかった。紙片が届けられ、右手にペンまで握らされるや、そこに「眠る」とだけ書き記して、もう目を閉じてしまったからだ。

そのまま、ミラボーは息を引きとった。これ以上ないというくらいに自覚的な、それゆえに幸福な死に方をしたといわなければならない。

——が、それで外野は済まないのだ。

鈍感な部類のロベスピエールも、やはり感じないではなかった。ミラボーが死んだ。ならば、なにかしなければならない。自然と高まる気分を免《まぬか》れえなかったのは、その四月二日の議会も例外でなかった。

「ここで私は大変に辛《つら》い役目を果たさなければなりません」

開会を宣言するや切り出された、それが議長トロンシェの言葉だった。ええ、ミラボー氏のあまりに早すぎる死を、みなさんにお伝えしなければならないのです。

「その才能に捧《ささ》げられた拍手喝采《はくしゅかっさい》のほどは、わざわざ喚起するまでもありますまい。その墓標に無念の涙を注がれるべき、第一の資格を有する人物であられたことも、また言をまたない実感でありましょう」

次に演壇に進んだのが、タレイラン議員だった。昨日見舞いに訪ねたとき、ミラボーに直《じか》に託されたものだと前置きしながら、読み上げたのは故人が用意していた相続法案の草稿だった。

内容は別として、タレイランの読み上げ自体は特に巧みなわけではなかった。早口で、声も小さく、抑揚にも乏しくと、むしろ聞き苦しいくらいだった。なるほど不調法と自ら卑下もするはずだと、ロベスピエールは苦笑せざるをえなかった。

それでもタレイランは強引に続行した。はじめに考えていたより時間も長引いた。政治的遺訓とやらに手をつけるころには、我こそはミラボーに遺志を託されたのだ、我こそはミラボーの後継者なのだと、そういわんばかりの図々しさが感じられて、はっきりいえば、いよいよ不愉快に感じられた。

——のみか、全体が白けかねなかった。

が、だからこそ、かえって私事にされてたまるか、ミラボーは皆の指導者だったのだと、最初の思いが強くなるばかりだった。

顰蹙《ひんしゅく》のタレイランのあとを受けるや、バレール議員は声を上げた。

「葬儀には議会から数名の代表を派して済ませるのでなく、今日まで故人と共闘してきた議員全員で参列しようではないか」

「ああ、行こう。皆で行こう」

異口同音の叫びに議場が満たされるほど、自然と浮上したのが国葬の措置だった。それが四月三日、またしても異例に持たれた日曜議会における新たな議題だった。

最初にパリ市の代表《プレジダン》が故ミラボーの業績をたたえるため、その遺体を昨年七月十四日に全国連盟祭が行われた革命の殿堂、シャン・ドゥ・マルスに埋葬したいと議会に伝えた。続いたのがラ・ロシュフコー公爵で、故人を称《たた》えることに異議はないながら、埋葬の場所としてはサント・ジュヌヴィエーヴ大修道院付属聖堂のほうが理想的ではないかと、パリジャンの提案に修正を促した。

「というのも、フランスにも偉人《グラン》たちの墓所が必要なのです。イギリスの先例に倣《なら》い、今こそフランス人のためのウェストミンスター寺院を建てる好機だと思うのです」

さすがの旧家、ラ・ロシュフコー公爵の口から出た話というべきか。かかる構想自体は古くからあり、革命前、すでに七年戦争の頃から論じられていた。

「すなわち、フランスに功績あった偉人たちを、いついつまでも祖国が忘れないでいるためには、ひとつ墓所に集められて一緒に埋葬されているのが理想的なのです」

その墓所として、サント・ジュヌヴィエーヴ大修道院付属聖堂が適当だというのは、建築家スフロの設計による壮麗な新古典主義の様式で改築が進められているからと、そういうことのようだった。

なんでも王家の墓所であるサン・ドニ大修道院付属聖堂とは、外見の印象からして別でなくてはならないのだとか。先人から受け継いだ血統でなく、個人が発揮した高徳を賛美し、伝統の遵守でなく、新規の創造を称揚する場所であるからには、そっくり古めかしいゴシック様式は似つかわしくないのだとか。

連ねた理屈の締めくくりに、こうもラ・ロシュフコー公爵は提案した。

「ええ、この際はサント・ジュヌヴィエーヴ聖堂を『パンテオン』と改名してはいかがか」

キリスト教の聖人の庇護《ひご》を請う名前より、偉人が自らの力のみで偉人たりえた古代ローマを連想させる装いのほうが、より相応《ふさわ》しいと思うからです。その「パンテオン」に埋葬される最初の偉人が、市民ミラボーというわけです。ええ、故人の亡骸を、すでに安置されている哲学者デカルトの棺《ひつぎ》の隣に並べましょう。引き続きヴォルテール、ルソーと改葬を進めて、ええ、ええ、「パンテオン」をフランスが記念すべき偉人たちの輝かしい墓所とするのです。そんな風に派手やかな言葉ばかり並べられては、議場に蔓延《まんえん》していた折りからの興奮は、いっそう高まるばかりだった。

とはいえ、話が大きくなりすぎた感もないではなかった。少なくとも、審議即日の結論が出せるほど、気軽な話ではなくなった。かかる印象に促されて、議員ドゥフェルモンなどは、本提案を憲法制定委員会で検討してもらおうとも論を転じた。

なるほど、ひとりミラボーを如何《いか》に弔うかの算段でなく、デカルト、ヴォルテール、ルソーと絡む大計画となれば、相応の審議が尽くされるべきだった。わかっていながら、ロベスピエールは議場に異議を唱えたのだ。

「憲法制定国民議会はミラボー議員を『パンテオン』に葬られるべき国家の偉人と認定するのかしないのか、そればかりは今日のうちに議員の投票を行いたい」

そう叫んだとき、議場の大半は故人の表彰を阻む発言と解釈した。総じて悲しみが支配するパリにあって、不謹慎と眉《まゆ》を顰《ひそ》められないでもなく、その反感まで好都合に働いたか、ミラボーは圧倒的な多数で偉人の認定を獲得することになった。

——それでいい。

パンテオン計画の継続審議という考え方は、必ずしも悪意の先延ばしを意図したものではない。ミラボーの偉人認定を棚上げにしたいわけでも、うやむやにしたあげく反故《ほご》にしたいわけでもない。が、ロベスピエールとしては危惧《きぐ》しないではおけなかった。

――それではミラボーは「パンテオン」入りできない。

死を伝えられたばかりであれば、フランスが誇るべき偉人に祭り上げたいとも話が盛り上がる。ここで決めてしまわず、話を先送りしたが最後で、またぞろ醜聞まみれの放蕩児《ほうとうじ》だの、没落貴族くずれの三流文士だのと、ミラボーを罵倒《ばとう》する声が上がるのは必定《ひつじょう》だった。

そうまで極端でないとしても、ひとたび冷静になってしまえば、いくらか業績を割り引きたくなるというのも、また人間の心理である。悲しみに包まれていればこそ、故人は完全無欠の偉人として、輝いてもみえるのである。

――即日の決着をみなければならない。

かかるロベスピエールの思惑を超えて、議会は疾走を続けた。勢いづくまま、三日のうちにミラボーの国葬まで決めてしまい、四日には慎重な審議を求められた憲法制定委員会が、もうパンテオン設立の結論を出してきた。

その四日の夕には、実際の式典も行われた。ミラボーの遺体と、取り出されて鉛の壺に収められた心臓が、ショッセ・ダンタン通りの屋敷を出発したのは、きっかり午後の六時だった。

前後左右を固めたのが、騎兵隊、歩兵隊と分かれながら、いずれも銃を逆さに掲げた国民衛兵隊だった。兵団を先導したのがラ・ファイエット将軍で、司令官の職にあるからには当然の出馬だったが、政界においては故人の好敵手であっただけに、なんだか皮肉な感じがないではなかった。

そもそも民兵隊の設立をパリに促したのは、ミラボーだった。そのことを思い起こせば、ラ・ファイエットは故人の手柄を横取りした、せめてもの罪滅ぼしに励んでいるようにもみえた。

葬列の先頭が憲法制定国民議会議長トロンシェだった。あとにパリ市政庁とセーヌ県庁の職員代表、バレールの提案通り、ほぼ全員の参列をみた議員団、さらには一般会員を含むところのジャコバン・クラブと続いた。

ジャコバン・クラブに関していえば、ここでも一週間の服喪と一緒に、ミラボーの業績を表彰する試みが採択された。毎年六月二十三日、すなわち一七八九年に国民議会の解散がいいわたされた日付において、これに抗《あらが》い、故人が儀典長ドルー・ブレゼ侯爵に投げつけた言葉を朗読することが、満場一致の賛成で決められたのだ。

「我々は人民の意志によって、ここにいるのだ。銃剣の力によるのでないかぎり、ここから動くことはない」

遺体に続く最後尾が、故人の郷里プロヴァンスから上京してきた若干の人々と、あとは自主参加のパリジャンだった。

これが三十万を超えるといわれた。パリ人口の半分ということになるが、この数字が大袈裟《おおげさ》どころか、かえって控え目なのではないかと思われたほど、どこも市内は留守宅だらけになった。いたるところガランとして窓灯《まどあか》りひとつなく、当夜の印象をいうならば、ありとあらゆる人間が喪章をつけて、ミラボーの葬列に加わったようだった。

ショッセ・ダンタン通りを発した葬列は、はじめにサン・トゥスターシュ教会に向かった。行われたのがカトリック教会の作法通りの葬儀だったが、ノートルダム大聖堂に次ぐパリ第二の大伽藍《だいがらん》であるとはいえ、さすがに参列の全員は堂内に進めなかった。

まだまだ寒い夜の露天で、多くが待ちぼうけを食わされた。とはいえ、故人の遺徳を称えるセリュッティ神父の法話が終わるや、国民衛兵隊が堂内で礼砲を撃ち鳴らした。衝撃で極彩色の飾り硝子《ガラス》が何枚か割れたため、それで群集は行進の再開を心得たという具合だった。

ゴセック作曲の鎮魂歌に送られながら、パリの夜陰に無数の松明《たいまつ》が揺れた。橙《だいだい》色《いろ》の炎の揺らめきは美しく、ほとんど感動的でさえあり、あのミラボーを称えるには、出来すぎの感さえあるといわれた。

大掛かりな祭典めいて、まさに国葬そのものではあった。ゆっくりゆっくり界隈《かいわい》を練り歩きながら、サン・トゥスターシュ教会を進発した葬列は、その右岸からセーヌ河の橋を渡り、いよいよ左岸に上陸した。ゆるやかな上り坂を進んで、サント・ジュヌヴィエーヴ聖堂に到着したのは、ようやく夜半すぎの話だった。

棺が安置され、かくてミラボーは「パンテオン」に収められた最初の偉人になった。

――だから、それでよいのだ。

自らも葬列に加わりながら、ロベスピエールは完全に納得していた。ああ、国葬は行われるべきだった。ミラボーの業績は絶対に称えられるべきなのだ。認められない一部があるからといって、全部が否定されてはならないのだ。

# 26——獅子の居所

　実際のところ、人々を動かしていたのは巨大な喪失感だった。

　議会の面々にせよ、いつも窮屈そうに収まっていた議席から、あの巨体が綺麗に消えていることに動揺してしまい、なにかで埋め合わせなければならないと、たちまち焦りに駆られたのだ。

　——ああ、大きな男だった。

　全国三部会の開幕において、第三身分代表に指定された黒服の不条理を、びしと指摘したのがミラボーだった。覚醒《かくせい》させられた議員たちは、議事の空転を余儀なくしてまで、発言権の確保に尽力した。

　そのまま国民議会の成立を宣言したものを、独りよがりな自称で終わらせることなく、聖職代表の切り崩しを進めることで、貴族代表に張り合えるだけの内実を与えたのも、またミラボーだった。

あげくが、球戯場《ジユ・ドウ・ポーム》の誓いだったのだ。

——ミラボーなくして、今日の日の革命が成っていたかどうか。

ロベスピエールは自分こそ誰より先に認めなければならないとも考えていた。ミラボーの隠密行動にも、何度か同道していたからだ。

貴族を捨て、平民を取るよう王を説得してくれとネッケルに肉薄したとき、はたまた軍隊が動員され、緊張が高まるばかりのパリに赴き、デムーランに蜂起《ほうき》の動きを教唆したとき、大胆不敵なミラボーのかたわらで、ロベスピエールは全てをみていた。

今にして顚末《てんまつ》を思い起こせば、革命そのものがミラボーのひとり舞台だったようにも感じられてくる。

——もし病気でなかったら……。

いや、あと二年、せめて一年という時間を生きていられたなら、ミラボーは革命を完成していたかもしれない。が、そう思いを進めれば、やはりロベスピエールとしては複雑な気分だった。ミラボーが理想とする形においては、という但し書きがつくからだ。もっとはっきりいえば、クー・デタによる議会の解散と新しい政権の樹立こそが、革命の落着点ということになるからだ。

いうまでもなく、それは自らが思い描く理想からは遠いものだった。無論のこと、正しい道だとも思われない。が、そんなロベスピエールにして、もしやフランス国民の大多数は賛同したかもしれないなと、かかる団結が生み出す力において、問題山積のフランスも改善の道を歩み始めたかもしれないなと、そう想像してしまうことがあった。

――いずれにせよ、現実にミラボーの理想はかなわなかった。

神の存在を固く信じ、その配剤を熱心に唱える質《たち》ではないながら、かかる運命の気まぐれが意味するところについては、ロベスピエールも考えないではいられなかった。

ミラボーが死ぬべきであったとするなら、その政治が廃されるべきだったからだ。なにゆえに廃されるべきだったかといえば、すでにして古いものになっていたからだ。

なるほど、どこまでいっても、ミラボーは貴族だった。第三身分の代表として議席を占めても、やることなすこと図抜けてしまい、どう転んでみたところで、巨人であり、偉人であり、英雄であるところの偶像にしかなりえなかった。

――が、もう英雄はいらないのだ。

すでに名も無き人民の時代が来たからだ。旧《ふる》い時代からの橋渡しとして、束《つか》の間の出番が与えられたとしても、あとは滅びる道しかありえないのだ。だから、とロベスピエールは思う。だから、ミラボーは大袈裟《おおげさ》なくらいに称えられなければならない。

――最後の英雄として。

実際のところ、いかなる意味においても、ミラボーの時代は終わりだった。本尊が倒れては、その遺訓も実現されるはずがない。少なくとも親友を気取るタレイランが、拙《つたな》いながらの弁舌で、はりきって読み上げたくらいでは聞き入れられない。

なんとなれば、いよいよ熱く燃えさかるばかりの生命の力が、無数に蠢《うごめ》いているからだ。パリの議会で、あるいはフランス各地の在野で、地を這《は》う蟻《あり》のごとく休まずに活動しながら、今や朽ちた巨木など簡単に齧《かじ》り倒す勢いなのだ。

——この私も立ち止まるわけにはいかない。

四月七日、まだ議会はミラボーの死の余韻を引きずっているようだった。なんとなく気が抜けて、審議に身が入らない。傍聴席の野次にまで、いつもの勢いがない。

憲法制定委員デムーニエの提言に基づいて、議会は内閣の編成に関する審議を進めていた。「大臣を任免する権限は、ひとり王のみに属する」と法文の草案まで読み上げられていたのだが、それに異議を唱えるでも、付帯の法文を求めるでもなく、ぼんやり覇気がない顔をして、ろくろく議論も行われない有様なのである。

そんな議場に乗りこむや、かつかつ小気味よい足音を響かせて、ロベスピエールは演壇まで進み出た。ええ、私に発議があります。議員諸氏に改めて、政治の公正という言葉が意味するところを、よくよく考えてもらいたいのです。というのも、王が求めるならば、誰が大臣に就任しても構わないわけではない。ええ、政治腐敗を許すわけにはいかない。不正の温床となるような事態は、あらかじめ阻止しておかなければならない。少なくとも自分たち自身の資格については、厳しく問われなければならない。

「したがって、議員は自らが参加した議会審議から数えて四年の間は、大臣になることができないと、きちんと明文化されるべきことを訴えたいと思います」

議場がどよめいていた。誰が聞いても、一七八九年十一月七日の議決の駄目押しだったからだ。しかも、それはミラボーの入閣の野望を挫《くじ》く意図で定められた法文なのだ。

「まだ喪が明けたわけではない」

それどころか、ミラボーの死から一週間もすぎていない。発議の是非は措《お》くとして、ロベスピエール議員ときたら、些《いささ》か不謹慎なのではないか。いくら生前に折り合いが悪かったからといって、死人をいたぶるような真似《まね》は常識がなさすぎるのではないか。

「ああ、おまえには人間の心がないのか」

そう善人顔して責める向きは、やはり少なくないようだった。

――それでいい。

ロベスピエールは演説を続けた。ええ、兼職が憚《はばか》られるだけではない。議員たるもの国王政府からは、なにも貰《もら》うべきではありません。役職、年金、就職の斡旋《あっせん》、はては現金や贈答の類《たぐい》にいたるまで、一切を受け取るべきではないのです。

その間にも投げつけられる野次と罵倒《ばとう》に耐えながら、それでもやめてはならないと、ロベスピエールは一種の使命感にさえ駆られていた。というのも、ここで私が立ち止まれば、ミラボーが真に死に絶えることになる。それだけは絶対に認められない。

——英雄としての偶像など、ミラボーの半面でしかないからだ。

ええ、ミラボー伯爵、あなたのことは決して忘れません。上辺は眼光鋭く議席の隅まで睥睨《へいげい》しながら、かたわらの心でロベスピエールは続けていた。いや、故人に語りかけていた。ええ、そうなのです。最も影響された議員を挙げろと求められれば、あなたの名前を挙げるしかないのです。実際に多くを学ばせていただきました。懇《ねん》ろに言葉をかけられたときは無論のこと、意見を違《たが》える論敵として、やっつけられてしまったときさえ、あなたには数えきれないくらいに教えられています。ええ、ええ、私は真実あなたの弟子をもって、自らを任じたいほどなのです。

「けれども、私は私でいることもやめません」

これが理想と信じるところを突き進む。余人に理解されなくても構わない。自分が納得しないかぎり、取り下げることをしない。フランスのため、この国に暮らす人々のためにはならなくても、やはり気にすることがない。

「はっきりいえば、自分のための政治です」

それで構わないんですよね、とロベスピエールは故人に問うた。ええ、私は自分の欲を認めます。理想を実現したいというのが、なにより欲するところなのです。誰が迷惑しようと、気にしないことにします。強引に自分を貫いてやれと思っています。

「そうしていれば、ねえ、伯爵、あなたのように、ひとに優しくなれるんですよね」

それがミラボーの真髄だったと、無限の優しさこそが半面の真実だったと、ロベスピエールは過たずに理解していた。つまるところ、あの男は人間が好きだったのだ。痛みを理解するあまり、弱いものを放っておけなかったのだ。

——だから、震える唇は嚙《か》みしめなければならない。

泣くものか。ああ、もう絶対に泣くものかと、ロベスピエールは議場を睥睨する双眼に、いっそうの力を籠《こ》めた。最初から、こんな真似《まね》はできなかった。演壇に上がりながら、おろおろするばかりだった。そんな新米議員を初めて認めてくれたのが、誰あろうミラボー伯爵だったのだ。

嬉《うれ》しかった。励まされた。それだけで議員として、やっていけるような気さえした。あそこで心が折れていたら、今日の自分はなかったはずだとも思う。

——だから、泣くものか。

ミラボーの思いを受け止めたいと思うなら、そのかわりに吠《ほ》えるのだ。ロベスピエールは爪先《つまさき》立ちで、あらんかぎりの声を出した。

「いうまでもないことながら、立法権の成員たるもの、地位も、金も、なんらかの融通も、執行権に求めてはならない。それが自分のためでなく、家族友人知人の便宜を図るものであっても、まったく同じことだ」

きんきん声が高く響いているばかりで、もう獅子《しし》の咆哮《ほうこう》は聞こえなかった。けれど、ここには確かに猛々《たけだけ》しい獣がいて、新しい時代も拓《ひら》けよと吠えたのだ。

その場なりとも受け継いだのだと思うほど、やはり立ち止まるわけにはいかないと、ロベスピエールは励まされたときの初心を新たにするばかりだった。

# 主要参考文献

・J・ミシュレ『フランス革命史』（上下）桑原武夫／多田道太郎／樋口謹一訳　中公文庫　2006年
・R・ダーントン『革命前夜の地下出版』関根素子／二宮宏之訳　岩波書店　2000年
・R・シャルチエ『フランス革命の文化的起源』松浦義弘訳　岩波書店　1999年
・J・オリユー『タレラン伝』（上下）宮澤泰訳　藤原書店　1998年
・G・ルフェーヴル『1789年―フランス革命序論』高橋幸八郎／柴田三千雄／遅塚忠躬訳　岩波文庫　1998年
・G・ルフェーブル『フランス革命と農民』柴田三千雄訳　未来社　1956年
・S・シャーマ『フランス革命の主役たち』（上中下）栩木泰訳　中央公論社　1994年
・F・ブリュシュ／S・リアル／J・テュラール『フランス革命史』國府田武訳　白水社文庫クセジュ　1992年
・M・ヴォヴェル『フランス革命と教会』谷川稔／田中正人／天野知恵子／平野千果子訳　人文書院　1992年
・B・ディディエ『フランス革命の文学』小西嘉幸訳　白水社文庫クセジュ　1991年
・E・バーク『フランス革命の省察』半澤孝麿訳　みすず書房　1989年
・J・スタロバンスキー『フランス革命と芸術』井上堯裕訳　法政大学出版局　1989年

・G・セレブリャコワ　『フランス革命期の女たち』（上下）　西本昭治訳　岩波新書　1973年
・スタール夫人　『フランス革命文明論』（第1巻〜第3巻）　井伊玄太郎訳　雄松堂出版　1993年
・A・ソブール　『フランス革命と民衆』　井上幸治監訳　新評論　1983年
・A・ソブール　『フランス革命』（上下）　小場瀬卓三／渡辺淳訳　岩波新書　1953年
・G・リューデ　『フランス革命と群衆』　前川貞次郎／野口名隆／服部春彦訳　ミネルヴァ書房　1963年
・A・マチエ　『フランス大革命』（上中下）　ねづまさし／市原豊太訳　岩波文庫　1958〜1959年
・J・M・トムソン　『ロベスピエールとフランス革命』　樋口謹一訳　岩波新書　1955年
・鹿島茂　『情念戦争』　集英社インターナショナル　2003年
・野々垣友枝　『1789年　フランス革命論』　大学教育出版　2001年
・高木良男　『ナポレオンとタレイラン』（上下）　中央公論社　1997年
・河野健二　『フランス革命の思想と行動』　岩波書店　1995年
・河野健二／樋口謹一　『世界の歴史15　フランス革命』　河出文庫　1989年
・河野健二　『フランス革命二〇〇年』　朝日選書　1987年
・河野健二　『フランス革命小史』　岩波新書　1959年
・柴田三千雄　『フランス革命』　岩波書店　1989年
・柴田三千雄　『パリのフランス革命』　東京大学出版会　1988年

・芝生瑞和『図説　フランス革命』河出書房新社　１９８９年
・多木浩二『絵で見るフランス革命』岩波新書　１９８９年
・川島ルミ子『フランス革命秘話』大修館書店　１９８９年
・田村秀夫『フランス革命』中央大学出版部　１９７６年
・前川貞次郎『フランス革命史研究』創文社　１９５６年

◇

・Anderson, J.M., *Daily life during the French revolution*, Westport, 2007.
・Andress, D., *French society in revolution*, 1789–1799, Manchester, 1999.
・Andress, D., *The French revolution and the people*, London, 2004.
・Bailly, J.S., *Mémoires*, T.1–T.3, Paris, 2004–2005.
・Bessand-Massenet, P., *Robespierre: L'homme et l'idée*, Paris, 2001.
・Bonn, G., *Camille Desmoulins ou la plume de la liberté*, Paris, 2006.
・Bordonove, G., *Talleyrand: Prince des diplomates*, Paris, 1999.
・Carrot, G., *La garde nationale*, 1789–1871, Paris, 2001.
・Castries, Duc de, *Mirabeau*, Paris, 1960.
・Chaussinand-Nogaret, G., *Louis XVI*, Paris, 2006.
・Desprat, J.P., *Mirabeau: L'excès et le retrait*, Paris, 2008.
・Dingli, L., *Robespierre*, Paris, 2004.
・Félix, J., *Louis XVI et Marie-Antoinette*, Paris, 2006.

- Gallo, M., *L'homme Robespierre: Histoire d'une solitude*, Paris, 1994.
- Hardman, J., *The French revolution sourcebook*, London, 1999.
- Haydon, C. and Doyle, W., *Robespierre*, Cambridge, 1999.
- Lalouette, J., *La séparation des églises et de l'État: Genèse et développement d'une idée, 1789–1905*, Paris, 2005.
- Lever, É., *Marie-Antoinette: La dernière reine*, Paris, 2000.
- Livesey, J., *Making democracy in the French revolution*, Cambridge, 2001.
- Mason, L., *Singing the French revolution: Popular culture and politics, 1787–1799*, London, 1996.
- McPhee, P., *Living the French revolution, 1789–99*, New York, 2006.
- Rials, S., *La déclaration des droits de l'homme et du citoyen,* Paris, 1988.
- Robespierre, M. de, *Œuvres de Maximilien Robespierre, T.1–T.10*, Paris, 2000.
- Robinet, J.F., *Danton homme d'État*, Paris, 1889.
- Saint Bris, G., *La Fayette*, Paris, 2006.
- Schechter, R. ed., *The French revolution*, Oxford, 2001.
- Scurr, R., *Fatal purity: Robespierre and the French revolution*, New York, 2006.
- Tackett, T., *Becoming a revolutionary: The deputies of the French National Assembly and the emergence of a revolutionary culture(1789–1790)*, Princeton, 1996.
- Talleyrand, Ch. M. de, *Mémoires ou opinion sur les affaires de mon temps, T.1–T.4*, Clermont-Ferrand, 2004–2005.

- Vovelle, M., *1789: L'héritage et la mémoire*, Toulouse, 2007.
- Vovelle, M., *Combats pour la révolution française*, Paris, 2001.
- Walter, G., *Marat*, Paris, 1933.
- Waresquiel, E. de, *Talleyrand: Le prince immobile*, Paris, 2003.
- Zorgbibe, Ch., *Mirabeau*, Paris, 2008.

# 解説

吉野仁

歴史はけっして単なる過ぎ去った昔の出来事ではない。確実に「いま、ここ」とつながっている。そればかりか、振り返るごとにこれまでまったく気づかずにいた「新しい何か」を発見したり教えられたりする。

佐藤賢一による〈小説フランス革命〉シリーズを読み、あらためてそう思わずにおれない。たとえ国や時代が異なっても、大きな変革をめぐる歴史の流れには、何かしら共通する背景やパターンがあるようだ。

さらに、ここでは革命の主要な出来事がドラマとして描かれているため、血のかよった人間たちの生々しい闘いと苦悩の姿を追うことができる。学生時代に世界史の教科書で学んだような、人物名と事柄を並べたり年表にまとめたりしたお勉強としての歴史とは違い、よりその実像が身に迫ってくるのだ。

もちろん、日本語で書かれた小説としての虚構化は至るところにほどこされているだろう。手紙や手記などが残ってない場合、歴史上の人物の心の動きを正しくたどることなどおよそ不可能だ。ましてや当時の会話をそのままそっくり再現できるわけはない。著者ならではの解釈が加わり、豊かな想像力が生かされることで作品となる。むしろ事実を大胆にふくらませたり、行間に含みをもたせたりすることで小説としての面白さが生まれ、ひとつの「真実」を読者へ伝えることが可能となるのではないか。

たとえば、壮大な自然の風景を写真に収めようとカメラを向けたものの、出来上がった画像はまったく迫力の欠ける遠景でしかない一枚だった、という経験をした人も多いだろう。ある風景を「素晴らしい」と肉眼でとらえた裏には、おそらく視覚や脳の認識の仕方、具体的には比較対象の存在や構図の取り方といったさまざまな要因が含まれているはずだ。たまたまその日の気分が影響していただけかもしれない。しかしカメラはただ光の反射を映すのみ。

歴史のとらえ方も同じで、単なる出来事の羅列では、それがまぎれもなく事実そのままだとしても無味乾燥な記述として終わってしまう。ところが、ある視点をさだめ、人々の会話や行動を緻密で丹念に、もしくは大胆で情熱的に描写することにより、そこに生命が宿る。描き方次第で心を揺さぶる何かが表現可能なのだ。まるで自分がその時代のその場所に居合わせているかのような臨場感を感じ取れる。それこそが歴史小説の醍醐味《だいごみ》だとわたしは思う。

それにしても、フランス革命に登場する者たちの強烈な個性には驚かされるばかりだ。

下手な創作上の人物よりもキャラが立っている。ルイ十六世、マリー・アントワネット、ミラボー、ラ・ファイエット、ロベスピエール、ダントン……。国王、王妃、貴族、弁護士など、身分や職業の違いはもちろんのこと、それぞれの風貌《ふうぼう》や性格が際立っており、その人ならではの魅力を放ち、存在感を示している。もっともそこに当時の民衆をはじめ、作家や歴史学者らによって創り上げられ、誇張されたイメージが重なっている場合もあるだろう。それでも、類をみない歴史の大変革期を生き抜いた者ならではの姿がしっかりと浮かび上がっており、良くも悪くも鮮烈な印象を残していることは間違いない。見事、役者がそろっているのだ。

なかでも本シリーズ第一部における主役級の人物といえば、ミラボーとロベスピエールの二人が挙げられる。

第1巻の題名となった「革命のライオン」とは、ミラボーのあだ名にほかならない。白い巻き毛の鬘《かつら》が獅子の鬣《たてがみ》を思わせることからつけられたのだ。さらに長身でがっちりした体軀、声量たっぷりで太く威厳のある声など、まさに百獣の王ライオンを思わせる男。貴族の長男として生まれながら、痘瘡《あばた》の痕である大小さまざまな黒い斑点が顔中に残る醜男《ぶおとこ》であり、実の親からも「醜い」と罵られたという。おそらくその反発やコンプレックスなどが重なって革命家ミラボーをつくりあげていったのだろう。

彼の風貌に興味のある方は、ぜひ佐藤賢一『フランス革命の肖像』（集英社新書ヴィジュアル版）をご覧あれ。革命にかかわった人物の肖像画約八十点が収録されたもので、当然ミラボーの姿を見ることができる。もっともその絵からは、「半獣神《サントール》」と呼ばれたというほどの怪物とは思えない。たしかに大柄だが貴族らしい風格がうかがえる。むしろその醜怪さで驚くのはダントンの肖像画だ。なんでも「下品なミラボー」と呼ばれ、大衆に支持され女性にモテたという。

もうひとりのロベスピエールは、田舎弁護士から第三身分代表議員となり、やがてジャコバン・クラブの最高指導者にまでのぼりつめた人物だが、意外にも童顔の小男である。のちに恐怖政治をおこなったとは思えない風貌だ。もっとも徹底した粛清とは、完璧な理想の実現をめざす秀才肌の潔癖さから来たものと考えれば不思議ではない。

本シリーズ第1巻『革命のライオン』で登場した時のロベスピエールは、どこか自信に欠けた青年に思えた。ミラボーを手本として、あとを追っているような感じである。だが、革命をともに闘いながらもやがて二人は異なる意見を抱くことで対立する。

この第6巻『シスマの危機』の8章でも、ロベスピエールが「ミラボーの変節」に対して嘆くシーンがあった。かつて全国三部会が幕を開けたとき、ミラボーは英雄であり、ロベスピエール自身、その言葉の力や行動力、そして政治力に感服していた。ところがいまやミラボーは「革命に巣食う病根」であり、倒すべき「巨悪」とまで述べている。もっともロベスピエールはミラボーに対してどこかに否定しきれない感情も抱いていた。

こうした心情の揺れが随所で描かれていることにより、いわばサスペンスの面白さを感じることができる。これも本シリーズのひとつの大きな特徴といえるだろう。

おそらく学生時代に世界史がまったく不得意だった方でも、一七八九年七月十四日にパリの民衆が蜂起し、バスティーユ要塞が陥落した事実くらいは最低限の知識として知っているはず。しかし、もちろんフランス革命は単に市民の暴動で終わったのではない。打ち立てた理想をいかに実現していくか、それこそが本質といえる。すなわち、議会における論争および彼らがとった行動の行方を知らずしてフランス革命史を語ることはできない。作者はそうした場面を生々しく克明に描いている。なにより革命に関わった人々は、それぞれ表に見えない困難や苦悩を抱えていた。そして、どちらへ転ぶのか分からない分岐点のような場に多く立ち会っていただろう。誰かのちょっとした発言や行為がもとでおよそ思いもしなかった運命へと流れていく。そんな個々の思想と言動が複雑にぶつかりあうことで生まれる大きな力。そうしたダイナミズムこそが、フランス革命史における物語としての醍醐味となっているのだ。

この第6巻では、もっぱら病魔に冒されたミラボーの痛々しい姿が描かれている。そしてミラボーの思想とその言動や運命は、のちのちまでフランス革命の分岐点といえる重大事、たとえば「王の逃亡」をはじめ、さまざまな事柄に影響を与えている。死後なお毀誉褒貶《きよほうへん》は移り変わる。そもそも歴史に対する物の見方は無数にあるわけだが、まずはこうした主要な人物のたどった闘いのドラマを無心で追いかける面白さを味わいたい。

そのうえで、現代に通じる「革命」のさまざまな姿を考察するのも一興だろう。ちょうど佐藤賢一と池上彰の対談によって構成された『日本の1|2革命』(集英社新書)は、本シリーズの解説書としての一面を持っている。興味のある方は、ぜひお読みいただきたい。たとえば、日本でも徳川幕府が倒れ明治維新をむかえた歴史があるばかりか、二〇〇九年、戦後長らく続いた自民党から民主党へと政権交代を果たすという、まさに歴史的な出来事が起こった。こうした変革をフランス革命との比較で考察しているのである。

たとえ悪しき政権が交代したからといって劇的に世の中が良い方向へむかうわけではないだろう。しかも二〇一一年三月十一日に東日本大震災が起こってしまった。深刻化した原発事故処理を含め、その後の混迷はいまだ続いている。さらに世界規模で経済は落ち込み、格差はひろがり、若者の就職難はつづき、希望の光はかすんでいくばかり。そんな現状と政治に対する強い不満がポピュリズムとむすびつき、ある種の暗黒時代へと向かう可能性もけっしてないといえない。

世界に目をむけると、二〇一〇年にチュニジアで起きたジャスミン革命や二〇一一年のエジプト革命といった動きがあり、それまでの独裁政権から民主化への道を進もうとしている。北アフリカや中東といった地域が大きな変革の波におおわれている。

本シリーズをひもとき、フランス革命のさまざまなドラマを味わったうえで、さらに関連した歴史書や小説、ノンフィクションなどを手にとってほしいものである。そうすることで、いま世界で起きているさまざまな「現代の革命」を読み解く手がかりも増えるだろうし、この「小説フランス革命」をより深く楽しむことができるのではないだろうか。

この解説を受け持ったわたし自身も、冒頭に記したように、あらためて発見したり興味を抱いたりしたことは少なくない。たとえば、ちょうど本稿を書く前に、ふと伝記文学の古典として名高いシュテファン・ツヴァイク『マリー・アントワネット』の新訳版（角川文庫）を開いてみた。すると第二十五章の章題は「ミラボー」ではないか。むかし岩波文庫版で読んだときには、あくまで王妃の数奇な人生をたどる物語としての関心しか持たなかったし、恥ずかしながらミラボーをはじめ革命に関わった人物もよく知らないままだった。ところがいまは、より多面的で深い知識のもとマリー・アントワネットの生涯を読むことができるのだ。

また、近年、フランスの歴史人口学者エマニュエル・トッドの分析が注目を集めている。識字率や出生率など人口動態をもとに各国の近代化や民主化の動きを読み取る研究である。その最初のモデルともいえるフランス革命のさまざまな側面を追うことは、単に一国における王政から共和制への移行の流れを知るだけにとどまらず、人間はどこから来て、どこへ向かうのかという、より大きな歴史の本質に迫るものになるかもしれない。

本シリーズはまだまだ続いていく。自由で平等な社会を実現するという高い理想を掲げ、革命に命を燃やしたものたちの、果てしない苦闘の姿をじっくりと読み進めてほしい。

# 小説フランス革命 1~9巻 関連年表

（■の部分が本巻に該当）

1

| | |
|---|---|
| 1774年5月10日 | ルイ16世即位 |
| 1775年4月19日 | アメリカ独立戦争開始 |
| 1777年6月29日 | ネッケルが財務長官に就任 |
| 1778年2月6日 | フランスとアメリカが同盟締結 |
| 1781年2月19日 | ネッケルが財務長官を解任される |
| 1787年8月14日 | 国王政府がパリ高等法院をトロワに追放 |
| | ——王家と貴族が税制をめぐり対立—— |
| 1788年7月21日 | ドーフィネ州三部会開催 |
| 8月8日 | 国王政府が全国三部会の召集を布告 |
| 8月16日 | 「国家の破産」が宣言される |
| 8月26日 | ネッケルが財務長官に復職 |
| | ——この年フランス全土で大凶作—— |
| 1789年1月 | シェイエスが『第三身分とは何か』を出版 |

| | | |
|---|---|---|
| | 3月23日 | マルセイユで暴動 |
| | 3月25日 | エクス・アン・プロヴァンスで暴動 |
| | 4月27〜28日 | パリで工場経営者宅が民衆に襲われる（レヴェイヨン事件） |
| | 5月5日 | ヴェルサイユで全国三部会が開幕 |
| | 同日 | ミラボーが『全国三部会新聞』発刊 |
| | 6月4日 | 王太子ルイ・フランソワ死去 |
| | 6月17日 | 第三身分代表議員が国民議会の設立を宣言 |
| 1789年 | 6月19日 | ミラボーの父死去 |
| | 6月20日 | 球戯場の誓い。国民議会は憲法が制定されるまで解散しないと宣誓 |
| | 6月23日 | 王が議会に親臨、国民議会に解散を命じる |
| | 6月27日 | 王が譲歩、第一・第二身分代表議員に国民議会への合流を勧告 |
| | 7月7日 | 国民議会が憲法制定国民議会へと名称を変更 |
| | | ——王が議会へ軍隊を差し向ける—— |
| | 7月11日 | ネッケルが財務長官を罷免される |
| | 7月12日 | デムーランの演説を契機にパリの民衆が蜂起 |

2

1789年7月14日 パリ市民によりバスティーユ要塞陥落
——地方都市に反乱が広まる——
7月15日 バイイがパリ市長に、ラ・ファイエットが国民衛兵隊司令官に就任
7月16日 ネッケルがみたび財務長官に就任
7月17日 ルイ16世がパリを訪問、革命と和解
7月28日 ブリソが『フランスの愛国者』紙を発刊
8月4日 議会で封建制の廃止が決議される
8月26日 議会で「人間と市民の権利に関する宣言」(人権宣言)が採択される
9月16日 マラが『人民の友』紙を発刊
10月5〜6日 パリの女たちによるヴェルサイユ行進。国王一家もパリに移動

3

1789年10月9日 ギヨタンが議会で断頭台の採用を提案
10月10日 タレイランが議会で教会財産の国有化を訴える
10月19日 憲法制定国民議会がパリに移動
10月29日 新しい選挙法・マルク銀貨法案が議会で可決
11月2日 教会財産の国有化が可決される

4

| | |
|---|---|
| 11月頭 | ブルトン・クラブが憲法友の会と改称し、集会場をパリのジャコバン僧院に置く（ジャコバン・クラブの発足） |
| 11月28日 | デムーランが『フランスとブラバンの革命』紙を発刊 |
| 12月19日 | アッシニャ（当初国債、のちに紙幣としても流通）発売開始 |
| 1790年1月15日 | 全国で83の県の設置が決まる |
| 3月31日 | ロベスピエールがジャコバン・クラブの代表に |
| 4月27日 | コルドリエ僧院に人権友の会が設立される（コルドリエ・クラブの発足） |
| 1790年5月12日 | パレ・ロワイヤルで1789年クラブが発足 |
| 5月22日 | 宣戦講和の権限が国王と議会で分有されることが決議される |
| 6月19日 | 世襲貴族の廃止が議会で決まる |
| 7月12日 | 聖職者の俸給制などを盛り込んだ聖職者民事基本法が成立 |
| 7月14日 | パリで第一回全国連盟祭 |
| 8月5日 | 駐屯地ナンシーで兵士の暴動（ナンシー事件） |
| 9月4日 | ネッケル辞職 |

5

1790年11月30日　ミラボーがジャコバン・クラブの代表に

12月27日　司祭グレゴワール師が聖職者民事基本法に最初に宣誓

12月29日　デムーランとリュシルが結婚

1791年1月　宣誓聖職者と宣誓拒否聖職者が議会で対立、シスマ（教会大分裂）の引き金に

1月29日　ミラボーが第44代憲法制定国民議会議長に

2月19日　内親王二人がローマへ出立。これを契機に亡命禁止法の議論が活性化

4月2日　ミラボー死去。後日、国葬でパンテオンに偉人として埋葬される

6

1791年6月20～21日　国王一家がパリを脱出、ヴァレンヌで捕らえられる（ヴァレンヌ事件）

7

1791年6月21日　一部議員が国王逃亡を誘拐にすりかえて発表、廃位を阻止

7月14日　パリで第二回全国連盟祭

8

| | |
|---|---|
| 7月16日 | ジャコバン・クラブ分裂、フイヤン・クラブ発足 |
| 7月17日 | シャン・ドゥ・マルスの虐殺 |
| 1791年8月27日 | ピルニッツ宣言。オーストリアとプロイセンがフランスの革命に軍事介入する可能性を示す |
| 9月3日 | 91年憲法が議会で採択 |
| 9月14日 | ルイ16世が憲法に宣誓、憲法制定が確定 |
| 9月30日 | ロベスピエールら現職全員が議員資格を失う |
| 10月1日 | 新しい議員たちによる立法議会が開幕 |
| 11月9日 | 亡命貴族の断罪と財産没収が法案化 |
| 11月16日 | ペティオンがラ・ファイエットを選挙で破りパリ市長に |
| 11月25日 | 宣誓拒否僧監視委員会が発足 |
| 11月28日 | ロベスピエールが再びジャコバン・クラブの代表に |
| 12月3日 | 亡命中の王弟プロヴァンス伯とアルトワ伯が帰国拒否声明 ――王、議会ともに主戦論に傾く―― |
| 12月18日 | ロベスピエールがジャコバン・クラブで反戦演説 |

初出誌　「小説すばる」二〇〇八年八月号〜二〇〇八年十一月号

二〇〇九年三月に刊行された単行本『聖者の戦い　小説フランス革命Ⅲ』と、同年九月に刊行された単行本『議会の迷走　小説フランス革命Ⅳ』（共に集英社刊）の二冊を文庫化にあたり再編集し、三分冊しました。

本書はその三冊目にあたります。

佐藤賢一の本

## 傭兵ピエール（上・下）

魔女裁判にかけられたジャンヌ・ダルクを救出せよ――。15世紀、百年戦争のフランスで敵地深く潜入した荒くれ傭兵ピエールの闘いと運命的な愛を雄大に描く歴史ロマン。

佐藤賢一の本

## 王妃の離婚

1498年フランス。国王が王妃に対して離婚裁判を起こした。田舎弁護士フランソワは、その不正な裁判に義憤にかられ、孤立無援の王妃の弁護を引き受ける……。直木賞受賞の傑作。

佐藤賢一の本

## カルチェ・ラタン

時は16世紀。学問の都パリはカルチェ・ラタン。世間知らずの夜警隊長ドニと女たらしの神学僧ミシェルが巻き込まれたある事件とは？　宗教改革の嵐が吹き荒れる時代の青春群像。

佐藤賢一の本

## オクシタニア（上・下）

宗教とは、生きるためのものか、死ぬためのものか。13世紀南フランス、豊饒の地オクシタニアに繁栄を築いた異端カタリ派は、十字軍をいかに迎え撃つのか。その興亡のドラマを描く、魂の物語！

集英社文庫

集英社文庫

シスマの危機《きき》 小説《しょうせつ》フランス革命《かくめい》6

2012年2月25日 第1刷
2020年10月10日 第2刷

定価はカバーに表示してあります。

著者 佐藤賢一《さとうけんいち》
発行者 徳永 真
発行所 株式会社 集英社
東京都千代田区一ツ橋2-5-10 〒101-8050
電話 【編集部】03-3230-6095
【読者係】03-3230-6080
【販売部】03-3230-6393(書店専用)

印刷 凸版印刷株式会社
製本 凸版印刷株式会社

フォーマットデザイン アリヤマデザインストア マークデザイン 居山浩二


ISBN978-4-08-746792-5 C0193